Curtain Call

カーテンコール!

加納朋子

Tomoko Kano

新潮社

カーテンコール！▼目次

装画　加藤木麻莉
装幀　新潮社装幀室

カーテンコール！

砂糖壺は空っぽ

1

思えば幼児期がピークで、あとは長い坂道を、ただひたすら下っているような人生だった。

僕は幼稚園児の頃から小柄だったけど、運動神経だけは良かったから、体格のせいで惨めな思いをするようなことはなかった。戦隊ごっこでレッドをやることもあったし、アンパンチを繰り出し合って、終《しま》いには喧嘩《けんか》になっても、一方的にやられたりはしなかった。

それが怪しくなってきたのは、小学校に入学してからだ。

まず最初に絶望したのは、自分がクラスで一番のチビだったこと。どの男子より、そして女子よりも、僕は小さかったのだ。

そしてもう一つ。入学前、両親に連れられて入学用品を買いに行った時、僕は二十色以上もあるランドセルの中から、空色のものを選んだ。とても美しいと、子供心に思ったのだ。それが、いざ学校に通ってみると、びっくりするくらい浮いていた。入学早々、クラスの男子から

『おまえ、そのランドセル、オカマかあ?』と言われた。にやにや笑いを浮かべながら。

屈辱だった。

実はランドセル売り場で、母は控え目に、『こっちじゃなくて大丈夫?』と聞いてきたのだ。指差されたそっちも格好いいとは思った。確かに一瞬は迷ったのだ。けど、その時には空色のが断然いいと思った。後から悔やんでも、遅かった。幼心にも、ランドセルというものが、一度買ってしまえばもう二度と買ってもらえないレベルの品だとわかっていた。だから親にも言えず、僕は六年間、屈辱を背負い続けることになった。

ランドセルだけじゃない。筆箱でも下敷きでも消しゴムでも。店で僕は、『これがいい』と気に入った一つを指差す。すると、母は必ず、『こっちの方がいいんじゃない?』と言ってくる。少し不安になるものの、僕は最初の品を譲らず、そして母も自分の趣味を押しつけてくるようなことはなかった。そして学校で、『おまえ、なにそれー』と笑われることになる。

どうやら僕は、何かを自分の意思で選ぶと、必ず失敗してしまうらしかった。

洋服にしても、そうだった。店で僕が、『これが格好いい』と握りしめた服を見て、母はいつも『うーん』と首を傾《かし》げた。母が『こっちの方がいいんじゃない?』と選んでくるのは、僕にとっては「ありえない」と思えるようなものばかりだった。

けれどやっぱり学校で、僕のチョイスは不評なのが常だった。女子からはどこか気の毒そうに、『もっと似合うの着たらいいのに』などと言われる始末だ。

いつだって僕は、ちんちくりんでちぐはぐだった。理想の自分と、現実の落差がありすぎるのだ。いつだったかテレビで見た、ナイアガラの滝みたいに。

僕は戦隊物や仮面ライダーのヒーローみたいに、強くて格好よくありたかった。将来は、格闘技で戦っている男達みたいに、浅黒い肌で、筋肉ムキムキで、見上げるような体格になりたかった。

けれど現実は、僕の身長がどれほど伸びようと、他の皆はそれ以上に背を伸ばしていた。色が白く、日焼けをするとすぐに赤くなってヒリヒリした。『可愛い』と言われることはあっても、『格好いい』なんて言われることは皆無だった。体が貧弱だから、僕はいつまでたっても強くはならなかった。幼児の頃は運動神経がいいと言われていたけれど、学年が上がるにつれて、並みか、それ以下になっていった。

僕には姉が一人いる。三つという年齢差は、子供の時には圧倒的な力の差だ。逆らうことは許されず、姉とその友達に着せ替え人形のように扱われた時期があった。フリフリのワンピースなどを無理矢理着せられ、頭にリボンを巻かれて『かわいー』と叫ばれ、泣きたくなった。その都度怒ったり拗ねたりしても事態は変わらず、たまりかねて泣き叫んで抗議したら、ようやく止めてくれた。二人とも、びっくりしたような顔をしていたから、本気で悪気がなかったらしい。

『ごめんね、そんなに嫌だとは思わなかったの』と謝られ、馬鹿みたいに泣いてしまったこともあって、とてもきまりが悪かった。時に暴君になることはあっても、総じて姉は僕を可愛がってくれていたから。

姉に限らず、母も、それからクラスメイトの母親達も、なぜか皆、僕には好意的だった。けれどその好意が、他の子たちからのからかいのネタになることも多々あった。

『俺のお母さんが、おまえのこと、フランス映画に出てくる美少年みたいって言ってたぞー。ジャニーズとか入ればいいのに』

なんてニヤニヤ笑いとともに言われたりして、死にたくなった。

高学年になるにつれ、僕ははっきりと苛《いじ》められるようになっていた。幸い、暴力的なものはほとんどなかったけれど、隙あらば、嫌なことを言ってくる連中がいた。彼らの中には、幼稚園の頃、一緒に駆け回って遊んでいたやつもいて、あんなに仲が良かったのにと絶望した。

僕はただひたすら、自分の殻を強化し続け、その中に心を押し込めて、能面のような顔で辛い日々をやり過ごしていった。

こうして暗黒の小学生時代を終え、中学生になった。

小中ともに地元の公立なら、クラスの面子《メンツ》には見知った顔もかなりいる。嫌なやつがやたらと目についたのは、僕の思い込みばかりじゃなかった。僕を庇ってくれる素振りを見せたり、そうでなくとも我関せずで、結果無害だったりするやつらは皆、さっさと私立中学へ進学していた。僕もそうしていれば良かったんだと、このときばかりは深く後悔した。

こんな状況では、小学生の頃よりも事態が良くなるはずもない。

授業はパサパサに乾いたパンで、ひたすらじっと座っていればいいから、それは特にどうということはない。指名されたときに余計な注目を浴びないよう、無難にやり過ごすために多少の予習を欠かさなければいい。

問題は、多すぎるマスタードみたいな休み時間だった。

入学して間もない頃、僕は自分の席で本を読んでいた。祖父母からもらった入学祝い金で買ったハードカバーの本で、それはわくわくするような冒険物語だった。美味しいお菓子を少しずつ味わうようにして読んでいたら、いきなりその世界に不作法に乱入してきた生き物がいた。六年生の時に同じクラスだった、馬鹿男子である。幼稚園の頃には仲が良かったうちの一人だ。やつは開いたページの間に指を入れてぐいと引っ張り、『おぼっちゃーん、何を読んでいるのかなあ？』と気持ちの悪いトーンで話しかけてきた。『そのご本、おもちろいですかあ？僕ちゃんにも、読ませて欲しいなあ』

幼児に話しかけるような口調で、ニタニタ笑いつきで。本を引っ張りながら、僕の顔をぐうっとのぞき込んでくる。

カッとして、相手が引っ張るのに合わせ、本をそのままやつの顔面目がけてヒットさせてやった。たまらず相手は叫び声を上げ、次の瞬間、開いたページに血がぼたぼた垂れた。角の部分が、強く鼻に当たったらしい。

周囲の女子がキャアキャア悲鳴を上げる中、僕は鼻血で汚れた本をゴミ箱に投げ捨て、そのまま教室を飛びだした。制服のシャツやズボンにも血が飛び散っていて、泣きたくなりながらトイレで洗った。

以来、休み時間は極力教室から離れるようにしていた。馬鹿男子からは、後であからさまな舌打ちをされたくらいで、特に報復などはなくてほっとしたけれど、教室が危険な場所であることには違いない。そいつはもちろん、クラスのやつらにも、同じ小学校出身の別のやつらにも見つからないように、なるべく早足で校内を移動し続けた。最初は図書室にこもったけれども、人から声をかけられることが増え、書架の間をウロウロしたり、階段をひたすら上ったり降りたりするようになった。そうして始業時間ギリギリに席に着く。毎日が、クタクタだった。

僕は未だに、あの冒険物語の結末を知らないでいる。一度図書室で借りてみたものの、どうしてもあの嫌な思い出が甦ってしまい、読み進めることができなかった。

一学期には夏休みを、二学期には冬休みを、ひたすら待ちわびるような学校生活だった。

その日は、春休みまであと一ヵ月と少し。

僕にとっては、ただそれだけの日だった。

朝、登校して教科書を机に入れようとしたら、何かが手に当たった。取りだしてみたら、きれいにラッピングされた小箱だった。何だこれ……と一瞬固まっていたら、後ろの席の奴がふいに大声を上げた。

『えー、こいつ、チョコもらってやんの。いやさすが、ジャニーズくんはおモテになりますねー。いいなあ、おれにもチョコちょーだい』

教室中の視線が集まり、どっと笑い声が起きた。それから複数の男子が集まってきて、誰からだよ、何だよ、ケチるなよ、見せろよなどと口々に言われ、無体にもあっという間に包みは開けられてしまった。チョコは市販の物で、ほっとしたことに差出人の名前や手紙などはなかった。先生が来るギリギリの時間だった為に、教室から逃げ出すこともできない。僕にできたのは、ただ、能面のような顔でそこに座り続けることだけだった。僕なんかにチョコをくれた子に申し訳ないと、心の中で悔し涙に暮れながら。

結局、チョコの送り主は不明のままだ。あんな状況で、名乗り出られようはずもない。

このとき、僕は決めた。高校こそは、なにがなんでも私立に行こうと。地元の公立なんて行ったら、また馬鹿男子共と顔を合わせなければならなくなる。どうしてもそれは避けたかった。両親に相談したら、わりあいすんなりと私立高校受験を認めてもらえた。私立と公立では受験対策も違ってくるから、私立に強い塾に通うように勧められた。

そうして僕は、あの子に出会った。

2

その子を初めて見たのは、塾の自習室でだった。

中学二年の時だった。

塾は個別指導を売りにしているところで、一室を自習スペースとして開放してくれていた。自宅学習よりも集中できるので、塾の授業がない日でも、僕はよくそこで勉強していた。

その子もまた、自習室の常連だった。ちっちゃくて可愛い、女の子。視線の端に彼女を捉えては、ああ、またいるなと思っていた。

彼女の名前は、ミエというらしい。友達らしい女の子が時々やって来ては、ミエちゃんミエちゃんと話しかけていた。もちろん、皆が勉強をしている場だから、声はごく小さいし、交わす言葉もそう多くはない。だから、ミエちゃんというのがただのミエなのか、それともミエコとかミエカとかなのか、わからなかった。もしかしたら、苗字という線もあるかもしれない。

いつの間にか、そんなことをふと考えるくらいには、彼女のことを意識していた。

その主な理由は、彼女の制服だった。ミエちゃんはブレザーのボトムに、スカートではなくズボンを選択していたのだ。

市内の公立中の制服で、女子でもズボンを選べるようになって、まだそんなに経っていない。見た目はスカートが似合いそうな、可愛らしい女の子なだけに、なぜ敢えてそれを選んだのかが気になった。選べると言っても、実際にズボンで登校する女生徒は相当に稀《まれ》なはずだ。学校という場所は、そうした浮き方をする生徒にとことん厳しくできているから。

ただ、その理由については、何となく想像はついた。ミエちゃんは杖をついていて、歩き方もぎこちない。ということはつまり、怪我か何かで見た目上の問題があり、それを隠したがっているのかもしれない。

もちろん、彼女が抱えている問題が何であれ、僕に知る機会などはない。その頃には僕は、立派なコミュ障となっていた。筋金入りのぼっちの僕に、自分から女の子に声などかけられるわけもない（男子にだって無理だけど）。

塾の自習室で顔馴染みにはなっていたから、会えば彼女はにっこり笑って挨拶をしてくれる。

それへ僕は、くぐもったような声でこんにちはを返す。情けないことだけど、それが僕の精一杯なのだ。

数ヵ月が経ち、気づいたら彼女は杖を使わず歩けるようになっていた。ああ良かった、怪我が治ったんだなと、そう思っていた。

ある日、塾への道を歩いていると、少し先を彼女が歩いていた。初めて会ったときから変わらず、制服のボトムはズボンである。杖をついていたときと同じく、リュックサックを背負った背中を、僕はじっと見つめていた。肩までの髪が、空色のリュックの上で跳ねる。その揺れ方は、少しぎこちない。どうやら、怪我をした足を庇いながら歩いているらしかった。杖は取れても、即全快とはいかないのだろう。

そう思っていると、ふいに彼女が立ち止まり、ぎくりとした。ただ、背後の僕に気づいたわけではなさそうだ。ミエちゃんはよろよろと歩道の端に寄り、そのままうずくまるようにしゃがみ込んでしまった。

もしかしたら、ほどけた靴紐を結ぼうとしているのかもしれない。あるいは、何かを落として拾おうとしているのかも。

そんなことを考え、僕は自分のズボンの布地を握ったりしながらしばらく固まっていた。けれど、やっぱり様子がおかしい。右脚の膝のあたりを押さえたまま、動かないのだ。

「……あ、あの。どうしたの？」

ありったけの勇気を振り絞り、僕はようやく声をかけた。

「ああ、塾の……」

僕をみとめてそう言ったミエちゃんの顔は、痛そうに歪んでいる。

「足、痛いの？」

「……うん」

相手はこっくりと、うなずく。

「立てる？　おんぶできればいいんだけど……」

ミエちゃんは慌てたようにぷるぷる首を振り、ぱたぱた手も振った。確かに僕の体格じゃ、たとえ相手が小柄だろうと、女の子一人を負ぶえる自信はなかった。

「それじゃ、肩を貸すから、摑まって。どうせすぐそこだし……」

ミエちゃんの右手を僕の肩に回し、そろそろと立ち上がる。彼女の細い体がぴったりくっつく形になり、心臓が痛いくらいに跳ね上がった。

塾までは、本当にあと少しのところだった。彼女と二人、エレベーターに乗り、五階のボタンを押す。

「あ、あの。事務の人に、痛み止めとか、もらえるかも……」

僕が言うと、ミエちゃんは辛そうに壁に体を預けながら首を振った。

「痛み止めは効かないの」

え？　と首を傾げたら、ミエちゃんは少し屈み、右脚のズボンの裾をちらりと捲《まく》った。

一瞬だけ、金属のようなものが鈍く光を跳ね返すのが見えた。

「義足なの」驚いている僕を気遣うように、ミエちゃんはにっこりと笑った。「もうない足なのに、時々すごく痛むの。不思議だよね。ゲンシツウっていうんだって」

彼女が言い終えると同時に、エレベーターのドアが開いた。彼女は一人先に立ち、痛みなど感じさせない足取りで受付に近づき、こんにちはと挨拶をした。

いつも通りの、明るさで。

僕もゆるゆる歩き出しつつ、呆然と、彼女の空色のリュックを見つめていた。


家に帰ってから、父のパソコンで〈ゲンシツウ〉について調べてみた。耳で聞いた時にはなんとなく、〈原始痛〉という漢字を思い浮かべていたけど、違った。〈幻肢痛〉だ。

幻の、四肢の、痛み……。

画面の説明文を読むうちに、僕の心臓がズキズキ痛み出した。

――ただの、怪我だと思っていた。たとえ重傷で、骨が折れていたとしても……。

時が経てば、骨はくっつき、元どおりになるのだろう。

そんな風に考えていたような気がする。

まさか、切断しなければならないような、そんな大怪我だったなんて。

僕と同じ年頃の女の子なのに。ある日突然、片足を喪《うしな》ってしまった衝撃と哀しみは、どれほどのものだったろう。

ひらひらのスカートが似合いそうなのに、女子の中で一人、制服にズボンを選んで。今はもうない足の痛みを抱えてて。

なのにどうしてあの子は、あんな風に、にこにこ笑っていられるのだろう？　誰とでも仲良く、感じよく、愛想良くしていられるのだろう？

僕には到底無理だ。にこにこなんてできない。世の中を恨み、憎み、そんな自分を嫌悪する、絶対に。

尊敬と畏怖と憧れと、その他色々複雑な思いをこねて丸めた僕の感情は、どうした化学反応を起こしたか、いつの間にか、〈恋〉と呼ぶしかないものに変化していた。そうと自覚したとき、僕はうろたえ、悩んだ。どうしていいか、わからなかった。ひたすら彼女に会いたくて、会いたくて、連日塾の自習室に通った。

彼女に再び会えたのは、エレベーターで秘密を打ち明けられてから、一週間後のことだった。

ミエちゃんは僕を見るなり、満面の笑みで近づいてきた。

「この間は、どうもありがとう」

弾む口調でお礼を言われる。

前回は二人とも授業が入っていて、あのまま別々の教室に別れてしまっていたのだ。

僕は緊張で冷や汗をかきながら、ずっと用意し続けていたセリフを口にした。

「だっ、大丈夫？　もう、痛くない？」

へどもどしつつ、ようやくそれだけ言う。

「うん、全然平気」

そう言って、ミエちゃんはまた笑う。それから部屋の中を見回した。

その日は自習室の利用率が高く、席は八割ほど埋まっていた。

「ここ、坐ってもいい？」

ミエちゃんが僕の隣の席を指差すのに、慌ててこくこくうなずいた。

ミエちゃんは空色のリュックからテキストやノートを取りだし、早速数学の問題に取りかかった。僕もまた、自分の問題集に視線を戻したものの、彼女がいる方の右半身がかっと熱くなり、彼女の髪をかき上げるようなちょっとした仕種《しぐさ》や、ほのかに香るシャンプーの香りや、ノートに走らせるシャーペンの音や、ごくごくかすかな吐息や……とにかく何もかもが、気になって仕方がなかった。耳だけでなく、五感のすべてをそばだてて、細く鋭く研ぎ澄まし、ほんのわずかな〈何か〉をあまさず受け止めようとするあまり、全身を強張《こわば》らせている。もちろん、勉強になんてなるはずもない。

我ながら、馬鹿じゃないかと思ったし、ふとそんな自分を客観視して、羞恥のあまり死にたくなったりもした。けれど僕のレーダーは、ミエちゃんを完全に捉えて放さない。僕の体を操る心は制御不能に陥って、オーバーヒート寸前だ。

実際、ほんの十五分ばかりの間に、心身ともにクタクタになってしまった。あまりにそちらばかりを見ているとバレバレになってしまうので、顔を傾け、サイドの髪で視線を隠しつつ、横目を駆使して彼女の様子を窺う。すると髪の毛のすだれ越しに、ミエちゃんが同じ問題のところで苦戦しているのがわかった。シャーペンでノートをトントンしたり、小声で「うーん」

とつぶやいたりしている。

「……あ、あの、もしかして、その問題、行き詰まってる？」

数分の葛藤の末、今、初めて気づいたという風を装い、低い声で尋ねた。ミエちゃんはびっくりしたようにこちらを見て、こくんとうなずく。

幸い、数学は得意課目だ。僕は最低限の小声と筆談とで、その問題の解き方を解説してあげた。うんうんと頷きながら聞いていたミエちゃんの顔が、ふいにぱあっと輝き、さらさらと数式を書き始めた。そして「どうだ」と言わんばかりに僕を振り返る。

正解だった。

僕が人差し指と親指で丸を作ると、ミエちゃんはにっこり笑い、口の動きだけで「ありがとう」と言った。

このささやかなやり取りだけで、僕は青い空の彼方《かなた》まで跳び上がるほど、嬉しくなった。生まれて初めて、生まれてきて良かったと心から思った。

残念なことに、僕はその後、授業が入っていた。後ろ髪を引かれる思いで彼女に小さく手を振り、立ち上がる。するとなぜか彼女も付いてきて、自習室を出てから話しかけられた。

「さっきはどうも、ありがとう。おかげで、すっごくよくわかった」

「そ、そう？」

焦った僕は、またどもる。ミエちゃんは軽く自分の右膝に触れ、言った。

「私ね、これのせいでしばらく学校に行けなかったから、みんなよりだいぶ勉強が遅れちゃっているの。ここで頑張ってるのは、その遅れを取り戻すためなんだ」

「そうだったんだ……」

少し考えればわかることだったけど、僕はそんな事情には気づけずにいた。あれだけミエちゃんのことばかり考えていたのに。

「それでね」とミエちゃんは続ける。「受験以前に、とにかくみんなと同じところまで追いつけないとって、焦ってたんだけど、ね。私、数学が全然ダメで、困ってたの……もし、迷惑じゃなかったら、また教えてもらってもいいかな？」

「もちろん」前のめりな勢いで、僕はうなずいた。「迷惑なんて、全然、そんなことないから。いつでも言ってきて」

待ってるから、とつけ加えたかったけれど、気恥ずかしくて止めた。色々いっぱいいっぱいで、限界だった。

この一件で、ミエちゃんとの距離は、確実に近づいたと思う。

が、このまま一気に仲良くなれるようなら、長年ぼっちなんてやっていない。

僕は初対面や、二度と会わないであろう人とは、比較的普通にしゃべることができる。対して、毎日顔を突き合わせなければならないクラスメイトなんかは、だいぶ苦痛だ。そしてもっとも苦手なのは、こちらが好意を持っている人間なのだ。

嫌われることを恐れるあまり、ひどくぎこちなかったり、よそよそしかったりするらしい。結果、「なんだこいつ」となり、本当に嫌われてしまう。過去にはそんな黒歴史がいくつもあった。

今回ばかりは、それを繰り返してはならないと、強く思った。今までは、相手から嫌われたと知ったとき（あるいはそう思ったとき）、失望すると同時に、心のどこかでほっとしてもいたのだ。ああこれで、致命的に傷つくことは回避できたのだ、と。なまじ仲良くなった後で嫌われるのは、何より辛い。ならば、一人ぼっちの方が全然マシだ……仲良くなりもしないうちから、そんなことを思っていた。要するに、対人関係から全力で逃避していたのだ。

だけどミエちゃんだけは、話が別だ。

彼女は「迷惑じゃなかったら」と言っていた。僕のいつもの態度を貫いていたら、「あ、迷惑なのね」と思われるに決まっている。

それを回避するためには、きょどろうがどもろうが、こちらからせっせと話しかけていくしかない。といって、空気が読めなかったり、焦って妙なことを口走ったりして嫌われてしまっては元も子もない。デリケートかつ難度の高すぎるミッションである。

幸い、ミエちゃんは喜怒哀楽のはっきりした女の子だった。

雨の日、水たまりを走った車のせいで盛大に水を浴びちゃったと、ぷんぷん怒っていたり。この間の模試の結果が散々だったよーとがっかりしていたり。僕に教わったところが学校のテストで出たよと浮き浮き報告されたり。感情が、ごく素直に表に出てくるタイプだから、僕としては非常にありがたかった。まるでおでこにお天気マークを常に表示しているみたいな子だったから。そしてまずたいていの場合、彼女の天気は雲一つない晴天だった。たとえそれまで

テストの点が悪かったことを嘆いていても、次の瞬間にはもう、にこにこの笑顔になっているのだ。

こうして僕たちの距離はどんどん近づいて行った……と言いたいところだけど、実際はそんなことはなかった。原因はほぼ、僕の方にある。彼女に会ったら話しかける言葉を一生懸命考えて行って、いざ、会いました、「こないだの模試、どうだった？」と話しかけました。「散々だったよー」と返事が返ってくる。そこで、僕の思考はエンストしてしまうのだ。

「そっか、僕もだよ」という返事を思いつくまでには、不自然なほどの空白が生じてしまい、既にその時には彼女はさっさと自分のテキストを開いていたりする。会話のキャッチボールにはある程度の訓練だか慣れだかが必要なのだろうが、僕にはその経験が、致命的にないのだ。だからいつまで経っても、僕たちの間はあくまで、単なる顔見知りの域を出ることはなかった。

ミエちゃんに関することで、僕がもっとも知りたかったのは、フルネームでも誕生日でも自宅の住所や電話番号でもなかった。もちろん、それらも喉から手が出るほど欲しい情報だったけれど、それよりもさらに重視しなければならないのは、彼女がどこの高校を受験するか、だった。

ミエちゃんと同じ高校に通いたい……それが、僕の切なる願いであり、まさに希望だった。けれどその希望は、いともあっさり打ち砕かれることになった。

ある日意を決し、ごくごく何でもなさそうな風を装って（成功していたかどうかはわからないけれど）、「第一志望ってどこ？」と聞いてみたら、ミエちゃんは満面の笑みでこう答えたの

だ。

「萌木《もえぎ》女学園附属高校！」と。

聞いた瞬間、天を仰ぎたくなった。

よりによって女子校である。僕には絶対無理だ。

現実はいつだって厳しい。お話みたいに、トントン拍子ってわけにはいかないのだ。

同じ高校に行けさえすれば、可能性はあると踏んでいた。そうすれば自動的に、ただの顔見知りから友達に格上げ決定だろうから。それからじっくり僕のことを知ってもらえればいいと思っていた。もちろん、彼女に相応《ふさわ》しい人間になれるよう、あらゆる努力は惜しまないつもりだった。ミエちゃんが僕のことを、「特別な人」と思ってくれるよう、どんなことでもするつもりだった。そうすれば、チャンスはゼロではない……そう自分を鼓舞していたのだ。

だけど今、そのルートはあっさり断たれてしまった。

僕は焦った。塾なんて、色んな理由で突然辞めてしまうこともある。そうなったら、もう二度と会えなくなるかもしれないのだ。

——後悔したくない。

焦燥に駆られるあまり、僕の中の回路がどこか、おかしな具合にショートした。おそらく、冷静な判断を下すために重要な部分が。

タイミングが悪いことに、それからしばらくミエちゃんに会えずにいた。その間も、急いで仲良くならなきゃと思い詰め、焦り、悩んだ。

そうして僕は、久しぶりに彼女に会えたとき、一足飛びにミエちゃんに愛の告白をしてしまったのだ。

「好きです、付き合って下さい」と。

息せき切って追いついてきた僕に、いきなりそんなことを言われたミエちゃんは、当たり前だけど絶句していた。その表情は、信じたくないことだけれど、怒っているようにも見えた。

痛いような空白の時間の後、彼女はぽつりと言った。

「――ごめんね。無理なの」と。


それまでおおむね暗かった人生だったけれど、これは致命傷だった。この出来事は決定的に僕を打ちのめした。

世界が終わればいいのにと思った。巨大隕石が降ってきて、南極の氷が瞬時に溶けて、すべての大陸が海に呑まれて、その後大爆発が起きて、地球そのものが散り散りに砕け散ればいいのにと思った。

けれど当たり前の事ながら、残酷な日常はそれからも普通に続く。

僕はそれきり、塾へ行けなくなってしまった。

ちんちくりんの器に相応しい、中身の乏しさ、しょぼさだと、我ながら思う。

小さいことが悪いわけじゃない。体に相応し、心までが小さく弱く卑屈になるのが問題なのだと、頭ではわかっている。

でも、どうしたって思わずにいられない。

雲つくような、大男だったら良かったのに。筋肉の鎧に覆われた、身も心もタフな男だったら良かったのに。そうすれば、世界はどんなにか、違って見えていただろう。

……現実の僕は、満員電車の中でさえ、簡単に溺れ、潰され、流される。初めて心から好きになった女の子は、僕の事を好きにはなってくれない。

勇気なんて、出さなきゃ良かった……。

ただただ、そう思う。女々しく、思う。

あんなふうにはっきりと拒絶されてなお、ミエちゃんのことが好きだった。会いたくて、たまらなかった。未練は断ち切れないまま凍りつき、僕の心臓をも凍らせた。

それからは、死んだも同然の日々だった。僕は大切なことを諦め、投げ出した。高校受験だって、そんなでうまくいくはずもない。結局行くことになったのは、「これなら公立の方がまだマシだったんじゃないのか？」と思ってしまう学校だった。だから、高校の三年間も、最悪だった。何ひとつ考えず、希望も持たないまま、ベルトコンベアに載せられた品物みたいに附属の大学に進んだ。それは単に、最悪の三年間が、さらに四年、期間延長したに過ぎない日々だった。大学最後の一年などは、半引きこもりの状態で、ロクに授業も受けていない有様だった。

そうしてついには、理事長じきじきに呼び出される羽目になった。卒業が困難な学生達が集められ、面談を受けなければならなくなったのだ。

目の前に、重厚なドアがある。そこから一人の学生が出て来て、次に僕の名が呼ばれた。

「綾部桃花さん。どうぞお入り下さい」と。

僕は聞こえるか聞こえないかくらいの声で「ハイ」と応え、ドアのノブに手をかけた。

3

神様は、わりとちょくちょく間違える。

僕はたとえて言うなら、うっかり砂糖壺に詰められてしまった塩だ。容器が違っていたばっかりに、なんだこりゃと顔をしかめられ、ぺっとばかりに吐き捨てられる。面と向かって、何で甘くないんだとなじられる。でも僕にはどうしようもない。

だって僕は、塩なんだから。

僕が自分の性別について、違和感を覚え始めたのは小学生になってからだ。でもその前だって、何かおかしい、おかしいとは、思い続けていた。

幼児の頃には、選ぶことなく、ただ与えられていた。まったく欲しくもないままごとセットや人形やぬいぐるみを贈られて、仏頂面《ぶっちょうづら》をしていてよく叱られた。まったくこの子ったら、ほら、ちゃんとお礼を言いなさい、おじいちゃんおばあちゃんに、おじさんおばさんに。親戚からはたぶん、愛想のない、可愛げのない子供だと思われている。

男の子の友達がもらった変身ベルトや格好いい剣や拳銃が、死ぬほど羨ましかった。どうして自分はそれがもらえないのか、まったくもって不可解だった。フリフリのピンクのスカートなんて、馬鹿みたいだと思った。

物心が付いてから、僕が自分で選ぶおもちゃも服も常に男児用で、大人からは微妙な顔をされることが多かった。一応両親からは「桃花《ももか》は男の子っぽいものが好きなんだ」と認識してもらえたけれど、それでも母は僕にひらひらのワンピースを買ってきたりした。嫌がる僕に母はひどくがっかりしたような顔をして、どうしようもなく罪悪感に駆られたのを覚えている。

小学生になり、男児用の服を着て、意気揚々と空色のランドセルを背負った僕を、クラスの男児は『オカマだ』と囃し立てた。正しくは「オナベ」なのだろうが、そんなボキャブラリは小学生男子にはない。だが、僕は子供心にも、うすうす気づき始めていた。馬鹿男子たちが僕をからかう言葉が、正確ではなくとも、さほど的を外していないことに。

不幸なことに、僕の外見は、どこからどう見ても「可愛いくてちっちゃい女の子」そのものだった。女子の中にいてさえ小柄な体に、ぱっちりした二重の目に長いまつげ。細く薄い眉に、優しげな輪郭。

『せっかく可愛いのに、もっと可愛い服を着なよ』と同級生の女の子達からは散々言われた。それを頑《かたく》なに固い口調で断り続けているうちに、いつしか女子の友達はいなくなった。もともと、彼女たちとはまったく気が合わなかったし、興味の対象も違っていた。けれど男子は僕を、はっきりはじき出した。男と女、どっちの仲間にもなれないコウモリ人生の始まりだった。

最悪なのは外見だけじゃない。名前もだった。誕生日が三月三日で、桃花。どこからどう見ても、女の子の名前だ。

クラスにヒカルちゃんという女の子がいたことがあるけれど、羨ましくてたまらなかった。ヒカルだけじゃない、カオルとかユウキとか、男女どちらにも使われる名前はけっこう多い。なのに、よりによって桃花。逃げようもなく、どう誤魔化しようもなく、女の子の名前だ。

一度、なんでこんな名前にしたんだと、親に抗議したことがある。結果は、父を怒らせ、母を哀しませただけだった。

中学に入るとき、制服のボトムが選べることを知り、散々悩み、迷った末にズボンを選択した。スカートなんて、死んでもはきたくなかった。それなりの覚悟はしていたつもりだが、思っていた以上に、いじりやからかいの対象となった。僕は五感を鈍磨させ、心の中にシャッターを下ろすことで、半ば溺れかけるようにではあっても、どうにか日々をやり過ごしていった。

だから、僕と同じようにズボンをはいているミエちゃんを見たときには驚いた。彼女は僕と違い、とても明るく幸せそうに見えた。それもまた衝撃で、彼女のことが知りたくてたまらなくなった。髪もショートにし、持ち物にも可愛いものなんて何ひとつない僕と違い、彼女はあまりにもちゃんと女の子だった。空色のリュックも、彼女に似合っていて可愛かった。

おそらく僕は、最初っからミエちゃんに恋していたと思う。けれどその思いが一気に強くなったのは、彼女のズボンと、そこに隠された足の秘密を知ってからだ。

切り落とされて、もうない足が痛むと彼女は言う。

彼女の痛みは、僕の痛みだ。

もしかしたら、それはとんでもない傲慢な思いなのかもしれない。僕は曲がりなりにも五体満足な体を持っているのだから。

だけど、僕の本来の体は、この世のどこにもないと思っている。心とあまりにもかけ離れた偽物の体を抱えて、永遠の痛みとともに、それでも僕は生きていくしかないのだと。

小学生の頃から僕は父のパソコンを使い、自分のことをある程度は把握していた。LGBTという略語は、当時からちらほら耳にするようになっていた。レズビアン、ゲイ、バイ、そしてトランスジェンダー。僕の場合は明らかに、そのお終いのTである。体の性と自認のそれとが一致しないのだ。その中でも僕は、Female To Male（女性から男性へ）、略してFTMと呼ばれるパターン。体は女性、心は男性なのだ。

中学入学時の制服選びでは、親とひと揉めあった。小学生までは、短髪に男子の格好を（半ば諦めからでも）容認してくれていた両親が、僕の選んだズボンを良しとしなかったのだ。女の子が一人、こんな格好をしていたら、きっと苛められると。それは全くその通りで、だから両親の言い分は正しい。だけど僕はどうしても引けなかった。その場はいったん家に帰り、僕は号泣しながら親に自分はFTMなのだと訴えた。

おそらく両親も、うすうすは何かおかしいと感じていたのだろう。すぐさま心療内科に連れて行かれた。その後、別の心療内科を紹介され、医者やカウンセラー相手に話をした。

正式な診断が下るまでにはかなり時間がかかったけれど、両親はそれを待たず、制服の件は許容してくれた。どちらを選んでも辛いだろうけれど、それならば、桃花がしたいようにしなさいと。学校側とも、何らかの話し合いが行われたらしい。

両親には、感謝している。あの人達は、僕に女らしさを押しつけることも、こんな僕を否定することもしなかったから。申し訳ないとも思っている。僕に関して言えば、女の子を持つ喜びも、男の子を持つ喜びも、持ちようがなかっただろうから。ごくごくノーマルな姉がいたのがせめてもの幸いだ。

診断の過程で、一度、産婦人科を受診させられた。僕のようなパターンで、調べてみたら実際に体も男でした、あるいは両性具有でしたというケースも稀にあるらしいのだ。

どうかそうであってくれと、心から願った。もしこれで、遺伝子的には男性でしたと判明すれば、すんなり性別適合手術を受けられるし、戸籍の性別変更だってできるのに。その場合、名前の変更だって容易だろう。けれども、残念なことに体はやはり、正真正銘の女性だった。

その屈辱的かつ無意味だった受診の結果、もう一つ別に、子宮機能不全であるとの診断が下った。ＦＴＭには通常よりも多く見られるらしいが、やはり、体と心はある程度連動しているということだろうか。将来子供を望むなら、その際は治療が必要だと言われたけれど、僕自身に子供を産むという望みなんてあるはずもない。

他のどんな望みも、持つことさえできずにいるというのに。

ミエちゃんとの出会いは、地獄にすうっと降りてきた、きらきら光るひと筋の糸だった。

僕は彼女に対し、一人称を『僕』で通していた。自習室でしか会わないこの子なら、特に疑わず男子として接してくれるかもしれないと思っていた。一度、勇気を出して『ミエちゃん』と呼んでみたら、『そう言えば、あなたの名前は？』と聞かれて、咄嗟《とっさ》に『太郎《たろう》』と名乗っていた。桃花——桃太郎からの連想だったけれど、その後、タロくんタロくんと呼ばれる度、幸福のあまり有頂天になった。

　絶対に嫌われてはいない自信があった。もしかしたら好かれているんじゃないかと思った瞬間もあった。

　すべて、思い上がりの、独り相撲に過ぎなかった。

「無理」だと彼女に拒絶され、ひと筋の光が差し込んでいた世界も、再びもとの真っ暗闇になった。

　色んな事が、どうでも良くなった。自分の性別はおろか、最低限のアイデンティティーでさえ、曖昧に揺らぎ、心許なくなっていった。

　そして僕は中三の秋、初潮を迎えてしまった。

　今の女子としては、かなり遅い方なのだろう。精神力で押しとどめていたものが、肉体にあらがえず、ついに決壊したように思い、悔しさに泣けてきた。心がどんなに必死で拒否しようとも、体はどんどん女性のそれへと成長していく。

　絶望は、加速するばかりだ。

　僕は懸命に勉強をしたつもりだ。でも、足りなかったのだろう。希望していた共学の私立には、ことごとく振られてしまった。私立向けの受験勉強をしていたから、今さら公立を受けるとなると、かなりレベルを下げなければならない。それだけは、嫌だった。小学校中学校で、僕をからかい、嗤《わら》ってきた連中と同じ高校に行くことだけは。

その時、担任から勧められたのは、萌木女学園附属高校の追加募集だった。

聞いた瞬間、ありえないと思い、だけど次の瞬間にはこう閃《ひらめ》いていた。

——ミエちゃんに、また会える、と。

全然、諦められていなかった。嫌になるくらい、未練タラタラだった。未だに、会いたくて、会いたくて、夢に見るほどだった。

こうなったらもういっそ、女の子として生きようか……。そう思った。

僕が自分の器としての性を認められないから、軋轢《あつれき》が生まれる。周囲を戸惑わせ、混乱させる。僕が男としての自分を押し殺し、外見上の性に合わせさえすれば、周りの人たちは皆、安心して、平穏でいられるのだ。

いったんそう考えてしまうと、自分が男性であると主張し続けるのは、とんでもない我儘《わがまま》で、ただの迷惑行為であるような気がしてきた。

そうか、僕さえ心を葬って、我慢していれば、すべては丸く収まっていたんだ……。

そうして僕は、自分を殺すことにした。

萌女附属に入学するにあたり、僕は短かった髪を伸ばし始めた。買ってもらった制服は、もちろんスカートだった。両親は何か言いたそうではあったけれど、明らかにほっとしている風でもあった。やはり僕の選択は正しかったのだと思った。

高校に入ったら、さりげなくミエちゃんの前に姿を現し、そして言うのだ。

「あのときはごめんね。ちょっとした冗談だったのよ」

「冗談って言うか、好きなのはほんとだよ。友達として、仲良くなってくれると嬉しいな」

これで完璧だ。ミエちゃんに拒否られた僕はもういない。全部、無かったことになる。そうしてまた、ミエちゃんと仲良く話し、きっと笑いあうことだってできる……。

——絶望と希望とがない交ぜになったまま入学した高校に、けれど目指す女の子は在籍していなかった。

もう、笑ってしまうしかない。実際には、笑う気力も残っていなかったけど。

僕は僕を、殺してしまった。残っているのは、偽物の器としての、女の体だけ。

砂糖壺は、空っぽだ。

4

本来なら社会人になっているはずの四月、僕は萌木女学園の寮に押し込められていた。

その三月で大学は閉校することに決まっていた。にもかかわらず、卒業できなかった女学生たちを宿泊施設にひとまとめにして、特別補講を行うことになったのだ。

当然、僕にとってはぞっとするような話だった。まず、集団生活が駄目だった。しかも長期にわたる合宿状態である。

一番嫌なのは、皆と一緒に入浴しなければならないことだ。心が男なら、それって天国じゃね？　などと思われるかもしれないけれど、大間違いだ。筋金入りの変態か、犯罪者でもない限り、異性の全裸に囲まれて、自らも裸だなんて、ただの苦行でしかない。人の体を見るのも後ろめたければ、自分の体を見られるのも絶対に嫌なのだ。

小学校の修学旅行は風邪をひいているからと入らずに済ませ、それ以降はすべて仮病を使ってドタキャンし、切り抜けてきた。今回はもう、どうしていいかわからない。

そのことは、最初の面談時に角田《かくた》理事長に訴えはした。もちろん理由は話さずに。理事長はさも困ったと言いたげに自らの禿頭《はげあたま》をぺちぺち叩き、『ああ、まあ、そのことは考えてみましょう、一応ね』と、いかにも適当な感じで片付けられてしまった。だから不安しかなかったのだが、入寮初日、理事長の私室にその件で呼ばれた。先に面談を終えたらしい女学生と入れ替わりに和室に招き入れられ、開口一番、言われた。

「あなたが心配していた入浴の件ですがね、やはり時間的にも、大浴場を一人で使わせるのは難しいです。管理者として、最後にガスを止める必要がありますが、見ての通り年寄りですからね、あまり夜遅くになるのもこちらの身がもちません」

ああこれは、我が儘言わずに大浴場に入れという流れかなと絶望していたら、角田理事長は少し申し訳なさそうな顔をして言った。

「それでですね、シャワースペースでしたら個別に内鍵もかかりますし、いいかなと思ったんですが、やはり湯船に浸からないと疲れが取れ」

「あ、シャワーでいいです」

かぶせ気味に僕は言った。本当に、それで充分ありがたかった。理事長は「そうですか？」と語尾を上げて言い、更に続けた。

「それから、個室でないと嫌、というのは却下です。単純に、部屋数が足りません」

「……ですよね」と僕はうなだれる。

基本、二人一室だとは知らされている。これはもう、相手が着替えているときにはそっぽを向くかうつむくかして、こちらはこそこそ着替えるしかない。今までの、体育の授業でそうしていたように……。

そんなことをぼんやり考えるくらいの間があった後、理事長は小さな咳払いをした。

「……それともう一つ、確認したいことがあるのですが……」

「……ハイ」

「あなたは中学二年の時、塾の自習室で、〈太郎〉と名乗ったことはありますか？」

うつむいたままだった僕は、驚いて顔を上げた。

「〈ミエちゃん〉という少女のことを、覚えていますか？」

重ねて問われ、僕はかすれた声で叫ぶように言った。

「なんで、その名前を……」

問い返しながらも、うっすら思い当たることがあった。

三月に大学の理事長室に呼び出された際、僕は机の上に置かれた写真立てを見て、思わず声を上げたのだ。

『ミエちゃん』と。

大好きだった少女の姿がそこにあった。

理事長は怪訝《けげん》そうな顔をしてそれを手に取り、『これは孫娘のミソノちゃんですよ。可愛いでしょう？』とでれでれした笑顔で言った。

確かによく見てみれば、女の子は小学生くらいで、僕が知っているミエちゃんよりも幼い。第一彼女は今は僕と同じく二十二歳になっているのだから、ミエちゃん本人のはずはない。

とは言え、あまりにもよく似ていて、動揺のあまり、いつも以上にきょどってしまった。

今、仮の理事長室となっている和室の机の上に、あのときと同じ写真立てが置いてある。それを手に取り、角田理事長は以前と同じように言った。

「この子はミソノちゃんです。美しい園と書きます。美しい学園、まさに萌木女学園のような……」滔々《とうとう》と言いかけて、理事長はふと声のトーンを落とす。「友達の中には、名前を音読みして、ミエンちゃんというニックネームで呼んでくれる子もいたみたいですね。それを耳にしたんでしょう、かつて美園をミエちゃんと呼ぶ人間が一人だけ、いたそうです。美園が言っていた〈タロくん〉とは、あなたのことで間違いありませんね？」

念を押すように問われ、かすかに僕はうなずく。ただ、理事長が何を言っているのかは、ちゃんとは理解できていなかった。混乱する僕を落ち着かせるように、理事長は柔らかな微笑を浮かべた。

「――あなたは、いわゆる性同一性障害だったんですね。勝手をして申し訳ないですが、親御さんにも確認を取らせていただきました……今まで、辛い思いや、哀しい思いをたくさんしてきましたね。それを乗り越えて、よくぞここまで大きくなりましたね。がんばりましたね」

理事長の言葉の途中から、僕は溢れる涙をどうすることもできずにいた。

今まで、親以外、誰にも言えずにいたのに。なのになぜ、理事長が僕の痛みに直接触れてくるのだ？

「……大きく、なってないです」

思わず漏れていたのは、そんな言葉だった。

乗り越えてなんていないし、大きくだってなっていない。身長百四十五センチのＦＴＭなんて、お笑い種だ。

ネットやテレビで堂々と顔をさらしている〈彼ら〉は、すらりと高い身長に、タレントみたいなイケメンぶりだ。どう努力したって、どうあがいたって、僕は本物の男のようにも、ＦＴＭの〈彼ら〉のようにもなれない。マイノリティの中にもランクが存在するなら、僕はさしずめその底辺だ。

「身長のことを言うなら、私だってチビですよ」

と理事長はなぜか胸を張る。

「でもそれは男性としては、で……自分は、女性としてもチビです」

「それなら私はハゲですよ。それに、ここだけの話、痔を患《わずら》っています。コンプレックスは誰にもあるもので、あなたが抱えた問題とはまた別のことでしょう」

「それは……そうなんですが」

ボソボソ応えながら、僕は苛立つ。

今、しなければならない話は、チビでもハゲでも、まして痔のことでもない。

「角田先生」僕はようやく、まっすぐに相手を見て言った。「ミエちゃんは……美園さんは、どうして萌女附属に入学しなかったんですか？」

私立である。仮にも理事長の孫娘が、試験で落ちるとはとうてい考えられない。まして萌女附属は、二次募集を募るくらいには、志望者数が落ち込んでいたのだ。

理事長は僕を見返して、またかすかに微笑んだ。

「美園はね、千鶴《ちづる》に……あの子の母親に言っていたそうですよ。秘密の内緒話でね。塾の自習室に、カッコ可愛い男の子がいるんだって。一見素っ気ないけど優しくて、頭も良くって、いい人なのよって、嬉しそうに言っていたそうです」

「……でも、告白したら、『無理』って……」

そう言いながらも、僕の中には奇妙な喜びがこみあげていた。

女だとバレたから、気持ち悪がられ、嫌われたんだと思っていた。だから、立ち直れないほどに絶望した。

男子だと思われていて、それで拒絶されたのなら、それは単純にどんな男にも起こりうる、普通のことだ。絶望ではなく、せいぜい失望レベルの。

「好きだと言ってくれたそうですね」微笑んだ顔のまま、理事長は言った。「あの子は間違いなく、嬉しかったと思います。ただ、タイミングが悪かった。ちょうどその日、病気の再発を告げられていたのです」

「……病気……再発……」

先刻からずっと、じわじわしみ通るようだった、嫌な予感。エラー音。非常事態を報《しら》せる、けたたましい鐘の音。

「骨肉腫です。今は患部を切断せずに済ます治療法も確立されてきていますが、あの子の場合はそれは叶いませんでした。そして……昔よりは、生存率も上がってきています、が……」

そこで初めて、理事長は僕から目を逸らし、うつむいた。

僕は呆然と、目の前のハゲ頭を見、机の上の写真を見、そして古い畳のへりを見る。そこへ、水滴がぽたぽたと落ちては滲《にじ》む。

「……美園は言っていたそうです。あのときは、心が折れちゃってて、他のことを考えられなかったの、と。そして入院してからも、折に触れ、言っていたそうですよ。今は付き合うのは無理だけど、良くなって、退院したら、タロくんにちゃんとありがとうって言って、今度は自分から告白するんだって」

もうよしてくれと、懸命に思った。お願いだから、それ以上言葉を紡がないでくれ、と。哀しみで、心が押し潰されそうだった。耳に入ってくる理事長の言葉は、あまりにも哀しくて、痛くて、残酷で……。

――そしてこの上なく、甘かった。

5

部屋に帰って真っ先にやったのは、荷物からハサミを取りだすことだった。文具用の、先が丸まったちゃっちいハサミだ。それを駄目にする勢いで、背中まである自分の髪の毛を首元でざくざく切っていった。

これは自分の迷いとの、決別だった。

男になりたいと願い、けれど決して男にはなれず。ならば女でいようと思ったものの、やっぱりどうしても心がついていかずに、僕はずっと、ヤジロベエのような不安定さで揺れ続けていた。迷いと惑いの迷宮の中で、ただずっと苦しみ、悩み、もがき続けていた。

選ぶことが怖くて。といって選ばずにいることも苦しくて。

ようやく、決めた。一人の女の子が、そっと僕の背中を押してくれたのだ。

僕を一人の男の子として、好きになってくれた女の子がいた……その事実だけで、僕はきっとこの先、歩いて行ける。

両思いになんて、一生なれないと思っていた。

レズビアンの女の子や、バイの女の子なら、もしかしたら僕を好きになってくれることもあるかもしれない。けれどそれでは、嫌だった。女だから、男じゃないから、好かれたいわけじゃない。ただの、一人の男として、普通の女の子と普通の恋がしたかった。平凡で、普通の幸せが欲しかった。

だけどそんなことは、到底不可能な無い物ねだりだから……。

僕の絶望の根っこには、常にそれがあった。僕はただ一人きりで、生きづらいこの世界を、とぼとぼ歩いて行かなければならない。

ずっと、そう思ってきた。


砂糖壺は今、空っぽだ。ラベルを貼り替えようがどうしようが、砂糖壺は砂糖壺で、今からそれに何を満たしていけばいいのか、そもそも満たせるだけの何かがあるのか、僕は未だ、途方に暮れている。

だけど――。

だらだらと下ってばかりいたような人生で、少なくともこの瞬間、今いるこの場所だけは、平坦だと思う。階段の途中にある踊り場に過ぎないとしても、ようやく息を継げたように、痛み苦しみは和らいだ。

この先、うんざりするような長い年月を生きねばならないとして、少しは上ることもあるのか、あるいはまたさらに下っていくのか、それはわからない。

けれどせめて、今だけは……。

この狭苦しくも貴重な踊り場で、ダンスを踊っていられたらと思う。

今はもういない少女の手を取り、それぞれが己に望む完璧な姿で……。

僕があの子をリードして。華麗なステップに、軽やかなターン。二人とも、心からの笑みを浮かべて。

そんな夢を見ていたいと、心の底から願う。

——今だけは、どうか。

萌木の山の眠り姫

1

一年のうちで、一番嫌いなのは四月だ。

そして一日のうちでもっとも苦手なのは、朝。

だから今、このときは、最高に最悪だった。

目覚ましが鳴る。親が買ってきた、特大の音が鳴り響くやつ。それも、いくら止めてもしつこく鳴り続け、段々音も大きくなっていくやつ。ちゃんと止めるには、一度起き上がって複数の操作をしなくちゃいけない。売り場のお兄さん曰《いわ》く、目覚まし時計の最終兵器なんだそうだ。

これならエジプトのミイラだって飛び起きますよ、だって。

それも私には、ほぼ役立たずだったけれど。私の眠りはミイラよりも深いらしい。

ああうるさい、うるさい、うるさい、うるさい……。

もはや音の暴力だ。騒音は卵の殻を破るように私に突き刺さり、崩れた中身がどろりとこぼれ出す。布団の上に残るのは私の姿をした抜け殻で、本体はアメーバみたいになって布団に染みこんでいる。そうして私は何とかして眠りの奥底に逃げ込もうともがき、あがく。

その虚《うつ》ろな抜け殻を、誰かが強く揺すぶった。

「朝子《あさこ》ちゃんてば、起きてよー。授業に遅れちゃうよー」

女の子の声。誰だっけ？　寝ぼけた頭でぼんやり考え、ようやく有村夕美《ありむらゆみ》という名前を思い出す。私のルームメイトだ。メイトと言っても顔を合わせたのはわずか一日前のこと。その顔がやたらときれいだなあ、並んで街を歩きたくないなあという、最初の感想以上の思い入れは特にない。

そんな紙より薄い関係……と言うよりはまったく無関係の二人が、いきなり同じ部屋にぶち込まれてしまうのだから、学校の寮というのも実に乱暴で恐ろしいところだと思う。

その恐ろしさに心震えつつ、私は布団に染みこみ、一体化することで平和な睡眠を守ろうと抵抗を続けた。が、その身体がふいにふわりと宙に浮く。別に幽体離脱したわけじゃない。脚の方を夕美が持ち、肩の方を別な誰かが抱えて、よいしょと持ち上げられたのだ。

「こうなったら実力行使ですね」

と、紛《まぎ》れもなく男の声が言った。

うら若き乙女の寝室に男がずかずか入り込んでくるなんて、何という狼藉。犯罪じゃん。

強い憤りを覚えたものの、半分寝ているような状態では抵抗もままならない。そのまま私は両脇から抱えられ、どこかに座った形で降ろされた。それでも私の瞼《まぶた》は接着剤で貼り付けたように開かない。ここまでされて起きない私も、いい加減すごいぞと思う。物理的干渉や精神の混乱よりも、さらに眠気の方が凌駕しているのだ。何が何でも起きたくない。否、起きられない。ときおりガタゴトと振動が伝わり、機械の作動音みたいなものが耳障りに響く。あれ、今って電車に乗っているんだっけと、ぼんやりした頭で寝ぼけたことを思う。それも間もなく終わり、ほっとした途端、顔に何か熱い物を押し当てられて仰天した。無我夢中で振り払い、さすがに命の危険を感じて目を開ける。気がつくと私は車椅子に乗せられて、食堂のテーブルの前にいた。膝の上では熱々のおしぼりが湯気を立てている。

周囲から、包み込むようなくすくす笑いの声が聞こえた。

「聞きしに勝るお寝坊さんですね、朝が苦手な梨木《なしき》朝子さん。あなた、朝に地震や火災が起きたら、確実に逃げ遅れますよ……生物としての生存本能がどうなっているのか、心配になるレベルですね」

半ば呆れ、半ば感心するみたいな声がした。さっき聞いたのとおんなじ声だ。この頃になってようやく、ボケボケに寝ぼけた私の頭も、少しずつ覚醒に向かっていた。

「はい、特製ハーブティです。コーヒーなんかより、目が覚めると思いますよ」

と目の前に差し出されたカップを持つ手。少しくたびれた、皺っぽい手。その先をゆっくり辿る。同じく少しくたびれた、グレイのスーツ。男としてはなで肩の肩。その上の、人の良さそうな丸顔と、つるりとしたハゲ頭。玉コンニャクみたいだなあと、ぼんやり思う。

「ささ、目を覚まして朝食を摂って下さい」と玉コンニャクがしゃべった。

「今日からさっそく授業を始めます。君たちには何が何でも、否が応でも、卒業してもらわなければなりませんから」

強い口調でそう言ったのは、玉コンニャク……ではなく、我らが萌木女学園大学の理事長兼学長兼寮長兼臨時講師の、角田大造《たいぞう》先生であった。

2

私立萌木女学園の閉校が決まったのは、私たちが受験する直前のことだった。どうも経営が危ないらしいという噂は、当時からささやかれていた。私たちの代をもって、新規募集は終了する、と発表されたけれども、「ふーん」と思っただけだった。

だってあくまで本命は他の大学だったから。第二志望どころか、滑り止めでさえなかったから。そして。

——努力は必ず報われるなんて、どこかの誰かが言っていたセリフを、心底信じ切っていたから……無邪気でおめでたかった当時の私は。

だって私は、そりゃあ頑張っていたのだ。高校はそこそこレベルの高い公立で。皆が目指しているのは国公立か難関私立って空気で。私ももちろん、そのつもりでいた。高校三年間のすべてを捧げる勢いで、一生懸命勉強してきたつもりだ。特に三年生になってからは、毎日夜遅くまで頑張っていた。郵便受けに新聞が落ちる音で、ああいけない、もう寝なくっちゃと慌てて横になる。そんな一年だった。「もっとああしていれば」、なんて悔いは残っていない。清々しいほど全力で、私は受験に立ち向かったのだ。

その結果私が学んだのは、人間の努力が丸々無駄になっちゃうこともある……それこそ、水の泡のように……という身も蓋もない現実だけだった。

結局志望校どころか、滑り止めのつもりだった第三志望にも振られてしまった。追加募集していた萌木女学園を急遽受験して、合格発表で自分の番号を見つけたときには涙が出た。うれし涙なんかじゃない。情けなくて情けなくて、泣けてきたのだ。

たぶんそのとき、私の中で何かがぽっきり折れた。

魂が抜けたように惚けている私を、両親は萌女だっていい学校じゃないと慰めてくれた。確かに、おっとりとした校風のお嬢様校として、そこそこ評判は良かった……ただし一昔前までは。だけどおそらく、時代と合わなくなってしまったのだろう。年々受験者数は減っていき、ついには閉校が決まった大学だ。

女の子なんだし、浪人してまではねぇ……と親は言った。今はそんな時代じゃないんだとは、主張できなかった。

もしかすると、どうしても志望校に行きたいから、一年浪人させて下さいと両親に頭を下げれば、渋々ではあっても認めてくれたかもしれない。だけど私はそうしなかった。マラソン選手がゴールするなり倒れ込んでしまうように、もうこれ以上努力し続けることはとうてい無理だと思った。予備校に通って受験勉強を続け、挙げ句来年にまた同じ結果になってしまうのがら。

怖かった。自信なんてあるわけもなかった。一年後には、状況がさらに悪くなってしまうかもしれない。なんと言っても、私が唯一受かった萌木女学園は、来年はもう受験できないのだか

そうして私は、何の夢も希望もなく、萌女に入学した。適当にガイダンスを受け、適当に履修届を提出した。部活とかサークルとかにはまったく興味もなかった。どうせ四年後には消えてなくなってしまう大学だ。上級生はともかく、新一年生はそれをわかった上で入学してきている。私同様、望んで今ここにいる人なんて皆無だろう。そんな負け犬の集団の中で、傷をなめ合ったりなれ合ったりするのは、すごく気持ちが悪かった。だから遅刻すれすれに登校し、誰よりも速く教室を飛び出す。ただただそんな毎日を過ごしていた。

今は仮面浪人中なんだ、と思い込もうとしていた時期もあった。大学に通いながら、受験勉強を続け、来年また志望校を受験する……。呪文のように、そう唱え続けてみたりもした。実際に、夜遅くまで、机に向かってみたりもした。

けれど、参考書を開いても、問題集に取り組んでも、空疎な文字が脳の表面をつるつると滑り落ちていくばかりで、少しも染み入っていかない。そして大学に通っていれば、専門書を読み込んでレポートを書かなければならないし、定期試験もある。そちらもまったくもってはかどらず、ただ時間ばかりが無為に過ぎていく。結局、すぐ目の前の最低限のことばかりに追われるうち、溶け崩れるようにして、数年が経った。

四年の秋頃になって、私ははたと気づく。それは私にとっていささか不名誉で、かつ、不都

合な事実だった。

このままでは、卒業できない。

卒業するのに必要な単位が、今からではどうしたって取得できないのだ。

原因はいたって単純明快。遅刻があまりにも多すぎた。なぜ遅刻したかの理由も、ごくごくシンプルだ。

朝、起きられなかったのだ。それもちょっとやそっとじゃなくて、致命的に、壊滅的に。目覚ましが鳴っても、無意識に止めてしまう。親に起こしてもらっても、寝ぼけながらの生返事。結局また、すうすう寝てしまう、らしい。結果、一限目の授業を落としまくってしまった。下手をすれば二限目も。親にはなんてだらしないんだと呆れられ、散々叱られた。自分でもひどいと思う。けれど、とにかく起きられない。何をどうやっても起きることができない。目が覚めてから「ヤバッ」と思い、自分が嫌になるけれど、まったくもって後の祭りだ。

それまでだって、決して寝起きの良い方じゃ無かったけれど、ここまでひどくはなかった。その証拠に高校はちゃんと三年で卒業している。

「甘え過ぎ、だらけ過ぎ」と親にはがみがみ言われたが、一言もない。「どうして起こしてくれなかったの」なんて臆面もなく言えるほどの厚かましさは、さすがに持ち合わせていない。そんな年齢も段階も、とうの昔に越えていた。

それでも最初のうちは、みんな大差ないじゃんと、甘いことを思っていた。実際、遅刻した挙げ句、一限目をさぼってしまう子なんて珍しくもなかった。

「やっべ、マジ私、単位ヤバいわー」なんてセリフは、しょっちゅう耳にしていた。面と向かって言われれば、もちろん私も「私もだー、マジどうしよー」なんて半笑いで応えていた。そして本音を言えば、少しだけ安心していた。

けれどいざ蓋を開けてみたら、大抵の子はちゃんと計算していて、ギリギリのラインを割り込むことはなかった。学校の友達なんて大方、そんなものだ。

とにかくある日とうとう正式に、「あなたはこのままじゃ卒業できませんよ」という現実を学生課から突きつけられた。そのだいぶ前から、じりじりと不安に思っていたことながら、いざ確定事項となってしまうとさすがに深く落ち込んだ。就活どころの騒ぎじゃない。何しろ学校は無くなってしまうのだ。留年だって充分不名誉だけど、その最後の逃げ道すら断たれた状態。最終学歴が大学中退？　それも、既に存在しない女子大中退？

四年分の時間と学費をドブに捨てたような結末だ。

ジ・エンド。私の人生詰んだわと、心底絶望した。

信じられないだからあれほど言ったじゃないのほんとにもうあんたって子は何てだらしないのと、親は私を延々なじりまくった。返す言葉もなく、ただ私はうなだれていた。いっそ消えてしまいたかったし、それが無理なら虫にでもなってしまいたかった。チョウチョみたいな華やかなやつじゃなくて、茶色っぽく地面をもぞもぞ這ってるようなの。誰かにうっかり踏んづけられて、ゴムの靴底にへばりついちゃうようなやつ。

そんなじめじめとしたことを考えている私の耳には、キンキンした親の説教が絶え間なく通り過ぎていく。どんどん空気が薄くなってきて、今にも窒息しそうだった。

そのただ中に、一本の電話が入った。

親は大きく深呼吸してから、受話器を取った。

「……あ、はいいつもお世話になって……この度は……」そう早口で言った後、ひたすらはい、はいと相槌を打っていた。そして最後に力強く言った。

「もちろんです。どうぞよろしくお願いいたします」

そうして電話に向かってぺこぺこ頭を下げた。それから受話器を置くなり、私に向かって目をくわっと見開いた。

「朝子！　学校側の温情で、最後のチャンスをもらったわよ。とにかく、何が何でも卒業なさい。それまでは、我が家の敷居をまたぐことは許しませんよ」

なぜか時代劇風に発破《はっぱ》をかけられ、私はわけもわからず目を白黒させていた。後から思えばこのときが、翌年四月から萌木女学園特別補講という名の軟禁状態におかれることが決定した瞬間であった。

3

『――まったく君たちはよくもまあ、この私をとんでもない窮地に追い込んでくれたものです』

実に忌々しげに角田理事長は言っていた。

三月末に行われた、特別補講説明会の席でのことだ。

学園の経営が危ないらしいとはもうずいぶん前からささやかれていたことで、実際のところそれは紛れもない事実だった。何しろ理事長その人が断言したのだから間違いない。粘れば粘るほどに傷が広がる状態で、やむなく、断腸の思いで私たちの代をもって新規募集を終了することとなった。それを充分承知の上で私たちも入学したはずだ（と、理事長はしつこく念を押した）。

理事長がひたりきった様子で語ったことによれば、彼は学園が建つこの緑の小山を、心から愛していた。私有地故《ゆえ》、手つかずの自然が残されている。学園の名も、この緑豊かな地にちなんでつけた。春には桜が咲き、秋には紅葉が鮮やかに風景を彩る。小鳥や小動物の住処《すみか》ともなっている。だからなるべく樹木を伐採せず、ましてや山を削ったりしないことを条件に、買い手を探していた。幸い、どこかの宗教団体が理事長の条件に理解を示し、丸ごと購入してくれることとなった。これで後顧の憂い無しとばかり、最後の卒業生を万感の思いで送りだした。三月いっぱいで残務処理を終え、さあ四月からは先方に引き渡し、という手はずだった。万事計画どおり、のはずだった。

ところが、予定外の卒業保留組が出てしまった。

もちろん学校側としては、順当に卒業してもらうべく、かなり早い時期からありとあらゆる手立てを講じていた。学科成績が思わしくない者に対しては、特例として何度も追試のチャンスを与えた。試験問題は、ほとんど前回に同じくだった。追加で補講も受けさせた。様々な相談にも乗った。保護者も呼び出し、きめ細やかな面談も執り行った。

せっかく入学した大学を卒業したくない学生なんて、いるはずもない。その親もまたしかり。そして学校側としては、何がなんでも卒業してもらわないと困る。目標は同じだったはずだ。が、蓋を開けてみれば、学校側が幾重にも張り巡らせた細やかなセーフティネットからさえ、こぼれ落ちてしまう学生が十名ほどもいた。

私たちである。

他の人は知らないが、私に関して言えば、朝、寝過ごして授業に出られず。試験にも遅刻してボロボロの結果をたたき出し、追試にさえも遅刻する……の最悪コンボで、我が事ながら処置なしだ。

一部の学生のせいで、萌女は三月末をもってきれいに幕を下ろす、というわけにはいかなくなってしまった。その顚末《てんまつ》は新聞の地方版の記事にまでなってしまい、親は『自分の子供のことがこんな不名誉なことで新聞に載るなんて』と打ちひしがれた。

『親御さんも気の毒ですが、一番可哀相なのはこの私です』

理事長は沈鬱な面もちでそう言った。

責任上、全員を無事に卒業させなければ学校を畳むに畳めない。そこで理事長は、学園敷地の片隅にある寮に私たちをまとめて放り込み、強制的に特別授業を受けさせることを思いついた。この急ごしらえの寮で朝から晩まで土日ナシでぎっちり詰め込めば、さすがの落ちこぼれ集団も卒業に持ち込めるだろう、と。

異例と言えば異例の措置だが、学生もその保護者もなんとかして卒業させて欲しいと願っている。そして学校側としては何としてでも卒業して欲しい。三者の利害が一致した形だった。

だが、前述のように学校用地は丸ごと宗教法人に売却することが決定済みである。と言ってどこか他の施設を借りるような資金も無い。

『そういうわけで、先様になりふり構わずお願いして、なんとか温情をいただきました』と角田理事長は言っていた。『さすがは敬虔な信者の方々です。皆さんも深く感謝するように』

そう言った端から、『どんな神様を信仰されているかは知りませんがね』とか何とかうそぶいている。理事長なんて行事の際にはるか遠くで挨拶するのを、半ばうとうとしながら聞いていたくらいのものだった。間近に接するのはそれが初めてだったが、何と適当なおじいちゃんかと思った。こんなだから大学の経営が行き詰まるんだよ、とも。

とにかく、どこかの神様だか教祖様だかの慈悲深きご厚情により、私たちの卒業に向けての集団生活が始まったのである。


萌木女学園は萌木が丘のてっぺんに建っている。だらだらした坂道を延々と上っていかなきゃならないから、常に遅刻していた私には厳しい環境だった。毎朝心臓が破れるかと思った。もっとも走る気概があったのは最初の数分のみで、残る十数分は通常よりもさらに遅い牛の歩みとなるのが常だったけれど。元々、からっきし体力のない私なのだ。

そういう意味では、今は恵まれていると言える。何しろ通学時間はゼロになったんだから。私たちが目下の生活の場としているのは、その名も萌木寮という。寮とはいっても、家が遠い学生が暮らしていたわけではない。当初はそうした用途で建てられた施設だが、近年では専《もっぱ》ら、運動部やサークル用の合宿施設として使われていた。その為の改修工事も行われたと聞く。わざわざ遠方に行くことを思えばお手軽で低コストだと好評で、夏休みなんかは連日大賑わいだったそうだ。もちろん、一学年ずつ学生の数がどさどさと減っていく前の話。私自身は部活ともサークル活動とも無縁だったので、一度も足を踏み入れたことはなかった。周りを木立に囲まれていて、目隠しして連れてこられ、「ここは軽井沢だよ」と言われたら、うっかり信じてしまいそうだ（ただし、真夏を除く）。外観はさすがに古びているけれど、内部はまあまあきれいだった。私たちは皆、二人ひと組で個室をあてがわれた。ベッドが二つと、窓側に長い出窓みたいな作り付けの机がある。合宿だと二人部屋は上級生専用だったそうだ。だから感謝するように、というニュアンスで教えてもらったけれど、私たちも一応最上級生だし、と思う。下級生、いないけど。最上級生ってか、超上級生だけど。

その昔、下級生はいくつかある和室で布団をぎっちり並べて寝ていたらしい。その和室及び食堂が、教室として使用されることとなった。寮長を理事長が、寮母さんを理事長の奥様が務めて下さる。教科によっては理事長自らが教壇に立つそうだ。食事は寮母さんが作ってくれるが、掃除洗濯は各自で行う。共用スペースは当番制だ。そして何とも恐ろしいことに、よほどの理由がない限り、外出、外泊は不可である。必要な品物は家から送ってもらうか、あるいは寮母さんにお願いして買ってきてもらうか、だ（この場合は、近くのスーパーに売っている物に限られるが）。

こんなのほとんど軟禁じゃないか、理不尽すぎると思ったけれど、保護者側も「卒業するまで帰ってくるな」というスタンスなのでどうしようもない。逃げ帰ったところで追い返されるのが落ちだ。それより何より、私たちだってもう未成年の娘さんというわけじゃない。本気で嫌ならいくらでも逃げ出したり投げ出したりできる。だが、それをした結果どうなる？　今度こそ本当の〈詰み〉だ。

とにかく私たちには他に選択肢はない。学校と親の要求に、唯々《いい》諾々《だくだく》と従う他はないのだ。

『さすがに学校に住んじゃえば、いくら寝坊しても遅刻はしないでしょ……しないわよね？』

深々と釘を刺すように親には言われたが、正直あんまり自信はなかった。けれど、たとえ寝坊はしても遅刻はできない仕組みになっていることが、初日早々に判明した。何しろ眠ったままだろうが寝ぼけていようが、お構いなしに食堂まで運ばれてしまうのだから。恐るべきシステムである。この寮は古くてボロいくせにバリアフリー対策だけはばっちりで、階段には車椅子用の昇降機までついているのだ。眠りこけながら運ばれる己を思うと、情けないやら恥ずかしいやら。完全に荷物みたいな扱いだ……物理的にも、だし、学校や親にとっても、きっと。

とにかくそんな次第で、その後の一限目はそのまま食堂で半ば夢の中だった。また担当の先生がヨボヨボのおじいちゃんで、「えー」とか「あー」とか挟みながらぼそぼそしゃべる感じの授業なのだ。ご高齢故、座っている時間の方が長いし。時々「ふう……」って感じで休憩が挟まるし。のんびりお茶を飲んだりしているし。これで寝るなと言う方が無理なレベル。終業のベルで目覚めたとき、隣ではルームメイトの有村夕美が机に突っ伏して、安らかな寝息を立てていた。その姿を見て、ちょっとだけ安心する。

実は彼女には少なからずコンプレックスを刺激されていたのだ。見た目からして、ちっちゃくて線の細い儚《はかな》げな美少女で。コミュニケーション力もばっちりで。ほぼ初対面の私にも気さくに話しかけてきたりして。性格もなんだかすごく良さそうで。要するに私とは何もかも正反対で。

だけど、そうだよね。今、私と一緒にこの場にいる時点で、とてつもなくダメダメなところがあるダメ仲間ってことだよね。

何だか優しい気持ちになって、「有村さん、授業終わったよ」と肩をとんとん叩いてやった。だけどよっぽど熟睡しちゃったらしく、一向に目覚めない。苦笑しつつ、確か二限目も私と同じくこのまま食堂だったと思うから、まあいいかと思った。理事長曰く、「出席していることに意義がある」ということらしかったから。

有村さんは二限目が始まってしばらくするとようやく目覚めて、先生が替わっていることに気づいて（一限目はヨボヨボのおじいちゃん、二限目はわりとシャキシャキした感じのおじいちゃん）「あれ？」という顔をした。それから私に向かって照れたように笑い、慌ててテキスト類を取りだした。今度は真面目に授業を受けていたかと思いきや、また気づいたらすやすや眠っている。この人、ものすごい居眠り魔だ。

また少し優しい気持ちになれた私は、授業が終わったとき、彼女に微笑みかけながら、「次は和室Aに移動だね、有村さん」と声をかけた。

「夕美でいいよー、朝子ちゃん」

半分寝ぼけたような声で、けれどやっぱり気さくに夕美ちゃんは言った。

取り敢えず半年。たぶん、ずっと一緒の部屋で暮らすのだろうし、ギスギスしているよりかは仲良くしていた方がずっといいに決まっている……たとえ、表面上のことだけだったとしても。

酷い寝坊のせいで、表向きだけ取り繕うのは、すっかり上手になった。遅刻について、それらしい言い訳でその場をしのいだり、すごく申し訳なさそうにうなだれたり、そんな感じで大学四年間をやり過ごしてきた……実際には相手は、呆れたり、諦めたりしていただけだろうけど。私自身さえ、そうだ。こんな自分に呆れているし、諦めている……いろんな意味で。

だから夕美ちゃん始め、私と同レベルでダメダメな人たちの中にいるのは、少しだけほっとした。あくまで、少しだけだけど。こんな軟禁生活が最悪であることには変わりないのだけれど。

大学の校舎はもう取り壊しにかかるので、工事車両が多く出入りしている、らしい。だからそちらへの立ち入りは禁止だ。私たちの行動範囲は、寮周辺の木立の中だけに限定されている。入寮から数日経って、昼休みや放課後、そこを散策するのがなんとなく日課になった。建物の中だけじゃ、さすがに息が詰まってしまうから。気分次第だけれど、だいたいいつも五、六人は森の小道にいる。

桜はあっという間に散って、鶯《うぐいす》がホーホケキョと鳴いている。タヌキが住んでいるという噂だけど、実際見たという話は聞いたことがない。確かに自然にだけは恵まれている……いやってほど。

ここのところお天気続きで、木漏れ日さえもころころ丸みを帯びて暖かい。とても気持ちの良いお散歩日和《びより》と言えるだろう……こんな境遇でさえなければ。

私の少し前を、夕美ちゃんが歩いていた。彼女は私と違い、現状を楽しんでいるように見える。鼻歌を歌ったりして、まるでピクニックか何かの最中みたい……と思っていたら、ふいにずんとお腹に響く大きな音がした。とうとう校舎の解体が始まったのだ。バタバタと、小鳥が飛び立つ音が続く。ちょうどその時、夕美ちゃんの動きが止まった。

複数の悲鳴が上がる。もしかしたら、私のものも含まれていたかもしれないけど、よくわからない。

夕美ちゃんはいきなり糸の切れた操り人形みたいにくたりと崩れ、そのままどさりと地面に倒れてしまった。

4

私はまるきり役立たずの、棒立ちだった。

頭の中が白くなり、そこへやけに鮮明な、幼い頃の記憶がフラッシュバックする。

優しかったおばあちゃん。大好きだった祖母の姿。そのおばあちゃんは、今の夕美ちゃんとおんなじように、私の目の前でいきなり、床の上に倒れてしまった。

『おばあちゃん、おばあちゃん、おばあちゃん……』

馬鹿みたいに、ひたすら連呼していたことだけ、覚えている。

そして今、声を上げることすらできず、ただ突っ立っている私に、誰かが声をかけてきた。

「校医さん、呼んでくる。梨木さんは有村さんのこと、見てて」

何人かが、連れだって走っていった。

ダメダメな集団の中にさえ、やっぱりきっちり優劣は存在している。有事の際に、役に立つ行動ができる人と、ただオロオロするだけの人間と。

私は下の下、底辺だ。

砂を嚙むように、そんなことを思う。そこへ、あらぬ方角から声がかかった。

「あれえ、朝子ちゃん。どうしたの？」

場違いにのんびりした声は、夕美ちゃんのものだった。呆気にとられる私を尻目に、ゆっくり起き上がり、あたりをきょろきょろ見回している。そして納得したようにうなずいた。

「あ、私また、倒れちゃったのね？」

「またって……」

驚いて聞き返したとき、ざわざわとした一団がやってきた。いち早く駆けだしてくれた子が、校医さんを伴って戻ってきたのだ。

校医の湯本《ゆもと》先生は、先代だか先々代だかの元・校医で、とうの昔に引退していたところを理事長先生がお願いして来て下さっているということだ（これは講師に関しても同様で、おかげでこの寮の年齢分布はものすごく極端なことになっている）。

湯本先生は、はらはらするようなヨボヨボとした足取りで、ゆっくりゆっくり近づいてくる。その後ろには、えっちらおっちら空の車椅子を押す理事長が続く。

「有村さんが大変だと聞いて駆けつけました」

息を切らしながら理事長は言う。細かい突っ込みだけど、二人とも、決して駆けてはいなかった。

「すみませーん、ちょっとこけちゃって。大丈夫でーす」

夕美ちゃんは立ち上がり、スカートのすそをパタパタ叩いた。細かい落ち葉や土汚れがついてしまっている。私は彼女の後ろに回り、そっと髪や背中のゴミを払い落としてやった。振り向いて「ありがとー」と笑う様子は、本当になんでもなさそうに見える。

「湯本先生が車椅子使った方がいいんじゃないですかー」なんてにこにこ笑いながら言ってい

るのを見て、釈然としないものはあったけれど、取り敢えずほっとしていた。

けれどその翌日に、夕美ちゃんはまた倒れた。

その時は私たちの部屋で、ふたりきりだった。それまでにいくらか打ち解けていた私たちは、何かしょうもないことでケラケラ笑っていた。すると、いきなりどさっと床に崩れてしまった。

「え、ちょっと」

慌てて駆け寄ると、相手はにこっと笑って、「あー、何か力抜けちゃった……」と暢気に言っている。私まで脱力し、床にぺたんと座り込む。

「いや、それ、絶対どこかおかしいから。病院行った方がいいから」

「病院ならだいぶ行ったよ、あっちこっち」

「え？」

「なんかね、ナルコレプシーって病気なんだって」床の上で体育座りをして、呑気そのものの口調で言う。思わず床に両手をついた。

「たまーにね、今みたいに力が抜けちゃうの」

「何それ、危ないじゃん。こないだのもそうだったの？　超危ないじゃん。あんなどさっと倒れてさ、もし地面に尖った石とか枝とかあったら、大怪我するじゃん。顔とか……眼とか……」

考えただけでも恐ろしい。

「心配させてごめんね。倒れる方は最近ずっとなかったから、ちょっと油断してた」相変わらずにこにこ笑いながら、夕美ちゃんは言う。「あのね、あんまり感情を揺らしちゃいけないらしくてね、気をつけてはいたんだけど、こないだのいきなりの工事の音はびっくりしたなあ。やられたわ」

「何それ、どういう仕組みなの？」

「私にもよくわかんない」あっけらかんと夕美ちゃんは言う。「まだ、今イチよくわかっていない病気なのよね。なぜか日本人にはわりと多いらしいんだけど。いきなり脱力しちゃうのは、カタプレキシーっていって、すぐに元どおりになるんだけど、メインの症状は睡眠発作でね、とにかくいきなり寝ちゃうの。電車に乗ってもね、倒れると危ないからなるべく座るようにしているんだけど、気がついたら終点、なんてザラよ。山手線なんか、何周したんだか、わかんなくなる。一人で遠出なんて、危なくてできないよ。学校でもね、体育の最中でも寝ちゃうくらいだから、授業中だろうが、試験中だろうがおかまいなし。だからさー、入試とか、落ちまくったよー。うちの学校の時だけは、何とか解答欄を埋めた後で寝たから、ギリセーフだったけど、ほんと危ないとこだったわ」

ああ良かった良かったと言っている。良かったじゃないよ、ほとんどアウトだよと思うけど、そう突っ込める空気でもなければ立場でもない。

「……それは……大変だったね」

他に言いようがなくてそうつぶやくと、夕美ちゃんはぱたぱた手を振った。

「やだ、そんな深刻になることないよー、別に命に関わるわけじゃなし」そう言ってから、ふと視線を落とす。「……ただ、こんなじゃどうせまともに就職もできないじゃない？　だから卒業できなくてもいいかなあって思ってたの。いいってか、仕方ないなって。家でできる仕事を模索するしかないかもって思って、それなら、別に大学卒業する必要ないじゃない？」

胸の内側が、ヒリヒリ痛んだ。

——こんなじゃどうせまともに就職もできない。

それは、今の私が身に沁みて思っていることだった。

百パーセント自業自得だけれど。朝、きちっと定時に起きることなんて、社会人にとっては当たり前、それができないなんて論外だ。

遅刻魔は、色んな物を無くす。信用とか友達とか大学の単位とか。だから将来の夢さえ無くす。いつも慌てていて、時間もない。余裕もない。だから身だしなみもどんどん適当になっていき、女の子としての自信もないから、彼氏を作ろうなんて気も無くす。

どうしてこんなに駄目なんだろうと、ため息がでる。他の多くの人たちが普通にできることが、どうして私にはできないのだろうと。

不本意な女子大生をやっていた四年分、私の中には劣等感だとか自己嫌悪だとかが、排水管のヘドロみたいにこびりついている。もうほとんど詰まりかけていて、汚水が逆流する寸前みたいなものだ。

それが、夕美ちゃんと出会って少しだけ気が楽になっていた。ああ、ここにも似たような人がいた。私と同じだあと思って、少し慰められていた。

とんでもなかった。

ひたすら低レベルなことばかり考えていた自分が恥ずかしかった。夕美ちゃんにはちゃんとした事情があった。それもけっこう深刻な……単なる怠け者の私なんかとは、似て非なるものだった。まさしく月とすっぽんだよ……。

自嘲的にそう思った時、夕美ちゃんが言った。

「私たちって、似てるよね」

「どこが」

よりにもよってと、反射的に強い口調で返してしまった。

「だって」と夕美ちゃんはほんわか笑う。

「どっちも困ったねぼすけさんだもん。理事長先生が毎朝言ってるよ。お早う、困った眠り姫さんたちって。私たち、だからセットにされたんだね」

朝、いつも半分方、いや八割以上は眠っている私は、そのセリフを聞いたことがない。

私は全然、姫なんて呼ばれるに相応《ふさわ》しい人間じゃない。それがぴったりなのは、夕美ちゃんだけだ。

この人はどうして、こんなにもあっけらかんとしているのだろう？

ふいに、わけのわからないぐちゃぐちゃした感情がこみあげてくる。

「……卒業できなくてもいいって思ってたのに、どうしてここに来たの？　それに……病気のことで、嫌な思いたくさんしてるでしょ？　どうしていつもそんなにニコニコしていられるの？　いつ倒れるかもわからないのに、どうして平気で歩き回れるの？　どうして……」

気がつくと、なんだか責めるような口調でたて続けにそう尋ねていた。これじゃまるで尋問だ。相手は特に気を悪くした風でもなく、「おおっと」と笑う。

「いきなりの質問ラッシュ。嬉しいなあ……やっと私に興味持ってくれた？」

「……え？」

「だって何にも、聞かなかったでしょう？　あのね、私ね、ずっと前から朝子ちゃんのこと、知ってたよ。教室とか、食堂とかで見かけて、いつも『どうして』って思ってたよ。今、聞いてもいい？　朝子ちゃんはどうして、いつもそんなに哀しそうな顔をしているの？」

虚を衝かれて、しばらく黙り込んでしまった。

「……私、哀しそう？」

うん、と夕美ちゃんはうなずく。

「それにね、こないだお散歩で私が倒れた時も、さっきちょっと倒れた時もね、朝子ちゃん、泣きそうな顔してた。びっくり、とか、心配、とかじゃなくて、とにかく今にも泣きそうだったの」

どうして？　と小首を傾《かし》げるように聞いてくる。その瞬間、ぽろりと涙がこぼれた。

なぜ私は泣いている？　どうして？　どうして？

どうして、私は夕美ちゃんが倒れたとき、オロオロと泣きそうになるの？　哀しくて、怖くて、たまらなくなったの？

目の前で人が倒れたら、怖いのは普通だ。心配するのも。だけど、こんなにも哀しくなるのはどうして？

答えは、自分で知っている。

その理由は、古い古い記憶にあった。思い出したくもない、辛くて哀しくて嫌な記憶。

今でもよく、夢に見る。悪夢の種。

「……おばあちゃんがね、倒れたの」

幼稚園の頃の話だ。

一緒に暮らしていた祖母と、二人きりで留守番していたときのこと。

『おばあちゃん、肩が痛いのよ……歳ねえ……』なんていう祖母の肩を、一生懸命揉んで上げたことを覚えている。幼い子どもの力では、ほとんど意味はなかったろうけれど、祖母はにこにこ笑って『ああ、気持ちいい』と喜んでくれた。けれど時々、胸のあたりを押さえては、顔をしかめていた。

この二つのことは、兆候だったのだ……後から思えば、だけど。悪いことの兆《きざ》しは、なんでもない当たり前のような顔をして、日常の中に紛れ潜んでいる。

二人でソファに坐り、私のお気に入りだったアニメ映画を見ていた。すると祖母はなぜかふいに立ち上がり、ふらふらと数歩歩いた。

『おばあちゃん、見えないよ』

祖母の身体で視界をふさがれた私は、そう文句を言った。

返事は、なかった。

どさりと床に倒れ込んでしまったのだ。

驚いて覗き込んだ祖母は、とても怖い顔をしていた。おそらく、酷い痛みと苦しみのために。

それも、後から思ったことだ。私の記憶は、ここでいったん途切れている。

次の場面は、お通夜の席だった。当時の私には、皆が黒い服を着ている意味も、正面にある祖母の笑った顔の写真の意味も、わかっていなかった。ただ、重苦しい空気に、不安で押し潰されそうだった。

叔母が泣きながら母をなじっていた。

『自分の子でしょ？　どうしてお母さんに押しつけて、遊びに行ってたりしたのよ』

『おいよせよ、晴美《はるみ》。オフクロが言ったんだぞ、親友の結婚式なら絶対出席するべきだ、朝子見といてやるから行ってこいって』

『そんなの、お母さんが気を使ったのよ。子供が小さいのだから遠慮するべきだわ。もし家にいてくれてたら、お母さんは……』

『よせってば』

父は一応止めてはいるものの、声に力はなく、そして叔母は止まらなかった。

『だってそうでしょ？　お母さんが倒れてすぐ、救急車が呼べてたら、お母さん、助かってたんじゃないの？　朝子ちゃんも朝子ちゃんよ。どうしてお母さんを見殺しにするような真似ができたわけ？』

『幼稚園児相手に何を言ってるんだ』

父の声は少し強くなる。けれどそれに続く叔母の声は、もっと強く大きかった。

『うちの子なら、近所に助けを呼びに行くくらいできたわ。信じられない。倒れたお母さんの横で、ぐうぐう寝てただなんて！』

その言葉は、私を強く打ちのめした。

私のせい？

私のせいで、おばあちゃんはいなくなってしまったの？

絶望と恐怖で、世界が真っ黒になったことを覚えている。逆に言えば、そこまでしか記憶していない。

その時私は、芋虫みたいに丸まって、そのまま眠ってしまったらしいのだ。気がついたときには家に帰る車の中で、両親がぼそぼそ会話しているのを目をつぶったまま聞いていた。

『可哀相に、こんな小さい子供を追い詰めるなんて。大好きなおばあちゃんが亡くなって、哀しいのはこの子だって同じなのに。きっと夜も寝られないくらい、苦しんでいたんだわ。いくらなんでも酷すぎるじゃないの』

母が憤慨したように言い、父が、『まあ、あいつもいきなり母親を亡くして、動転していたんだよ。許してやってくれや』となだめるように言っていた。

——あれ以来、晴美叔母さんはとても苦手だ。その後、普通に優しくしてもらっていたにもから。

親戚の集まりで、特に法事やお葬式で叔母さんに会うたび、当時のことを思い出してしまうかかわらず。

そして大学に入って、気づいたことがある。

私は、嫌なことから逃げるんだ。まるでシャッターを下ろすみたいにすべてを拒絶して、眠りの世界へと逃げ込んでしまうんだ。

朝、起きられないのはきっと、本当に行きたい大学に行けなかった現実が耐えられないから。

私はとても卑怯で後ろ向きな逃亡者なんだ。

「――だから私は、自分の事が大嫌いなの。哀しい顔に見えるんだとしたら、きっとそのせい……」

そう話を締め括りかけて、どきりとした。

夕美ちゃんが、泣いていた。大きな眼にいっぱい涙を溜めて。

その濡れた瞳がふいに泳ぐように揺れ、あっと思う。

今度は、間に合った。膝が付き合うような距離で、二人とも床に座っていたから。ふにゃりと脱力した夕美ちゃんの身体を、そっと抱き留める。

「あー、また、力が抜けちゃった」

私の腕の中で、夕美ちゃんはふわあっと笑った。

「あのね、朝子ちゃん。私、平気じゃないよ」

いきなり言われて反応が追いつけずにいると、相手はまた笑って言葉を足してくれた。

「どうして平気で歩き回れるのかって、さっき言ってたでしょ？　私、平気じゃないよ。色んなことが怖いよ。どうしてここに来たかって言ったでしょ？　それはね、怖かったから。学生じゃなくて、社会人でもなくて、他の何でもない……そういう状態になってしまうのが、怖かったの。この先、どうなっちゃうんだろうって。たぶんみんなも、多かれ少なかれ、そうなんじゃないのかな？」

「……うん、そうだね」

私だってそうだ。世間一般的にも、たぶん多くの人がそう思うだろう。

何にもなれない。何者でもない。将来どころか、明日明後日のことですら、おぼつかない。

そんな状態になるのは、とても怖いことだ。

だから与えられた猶予期間に飛びついた。刑の執行を、少しでも引き延ばすために。

「……それとね、どうしていつもニコニコしているかって話。あのね、私、感情を揺らしちゃ駄目でしょ？　だからね、感情を楽しい感じで一定に保つようにがんばっているの。だってその方が楽しいでしょ？　でもそのニコニコは、偽物なのよ。だってそうでしょ？」

そう問われ、私は小さくうなずく。確かにそうだ。がんばらなきゃならない時点で、その「楽しい」気持ちは本物ではない。

「でもね」と夕美ちゃんは続ける。「感情を揺らすなって、それって、ブランコに乗ってもいいけど危ないから漕ぐなって言われているようなもんじゃない？　それじゃ、意味なくない？

さっき、最初に倒れたとき、朝子ちゃんと話してて、なんだかすごーく楽しかったの。ああ、楽しいなあって思って、気がついたら倒れてた」

笑顔を向けられて、なぜだか泣きそうになった。やっとの事で、一つ小さくうなずく。相手もうなずき返し、

「私ね、すぐに寝ちゃったり、倒れたりっていう症状自体は高校生のころからあって、病名の診断がついたのは大学入ってからなんだけど、それからずっと、心を揺らさないように頑張ってきたの。でもね、この寮に入って朝子ちゃんと同室になって、私、心が揺れまくりだよ」

「何それ、超危ないじゃん。私のせい？」

「そ、朝子ちゃんのせい。だってすごーく楽しかったり、突然、さっきみたいなすごーく哀しい気持ちになったり、ほんと、揺れまくり。でもね。心が揺れるって、ブランコみたいに楽しいし、気持ちいいし、嬉しいね。だってそれって、生きてるってことじゃない？」

夕美ちゃんはそう締め括り、口を大きく開けて、にかりと笑った。がんばっているんじゃない、本物の笑顔だ。

「――わかった」私は覚悟を決めて、笑い返した。「そういうことなら、責任取って私が夕美ちゃんを守って上げる。こう見えても、まあまあ力はあるんだから。私にぴったり貼り付いて、好きなだけ、思う存分笑ったりびっくりしたり、怒ったり……たまには哀しんだりするがいいわ！」

最後はふんぞり返って言ってやったら、夕美ちゃんはいたずらっ子のような顔をした。

「朝も？　ねえねえ、朝も？」

ぐっと詰まってから、しぶしぶ首を振る。

「いやあ……朝はなるべくおとなしくしといてくれる？」

「大丈夫。朝は私、けっこう平気なの。いっぱい寝た後だからね。だから朝は、私が朝子ちゃんを守って上げる」

「……ついこの間、朝っぱらから授業で堂々と居眠りしていなかった？　午後も居眠りしてたけど」

私が突っ込むと、夕美ちゃんはぺろりと舌を出した。

「初日のあれはね、単純に夜、あんまり寝られなかったから。ベッドや枕にも慣れてなかったし、家族以外の人と同じ部屋で寝るっていうのにも慣れていなかったし。でももう平気。大丈夫」

と胸を張る。

そうだよね、と心から共感する。入寮した日の夜、私もおんなじだった。不安なこと、慣れないことだらけで、落ち着かなくて、眠れなかった。どこかの時点でうとうとしたけれど、あの嫌な夢を見た。そして誰かの声で、ふと目覚めると、夕美ちゃんが苦しげな呻《うめ》き声を立てていた。彼女もまた、悪夢にうなされていたのだ。

起き上がって布団をとんとんしてみたら、夕美ちゃんはもぞもぞ動いて、声も止まった。怖い夢も止まっていたらいいなと思いながら、私も横になった。そしてうとうとするたび、嫌な夢。

そうして私たちはきっと、一晩中、シーソーみたいにまどろんでは起きてをくりかえしていたのだろう。

「――もう朝子ちゃんとは仲良くなったし、大丈夫。朝子ちゃんがちゃんと授業に出られるようにするし、ノートもちゃんと取っとくから大丈夫」

自信たっぷりに告げられて、私は無性に嬉しくなった。

「それじゃ、私もちゃんとノートは取るようにするか……めんどくさいけど」

もしかしたら呆れられるかな、とちょっと思いながらもそうつけ加えた。でも、夕美ちゃんは大まじめな顔でうなずいてくれた。

「そうだよね、めんどくさいよね。それに……」

と彼女は続け、私も乗っかる。

「超眠たいし！」

二人で声を立ててゲラゲラ笑い、夕美ちゃんはまたもやくたあと脱力し、私にもたれてくるのだった。

5

晩御飯の後で、角田理事長からちょいちょいと手招きされた。

「……なんですか？」

促されるまま、私は恐る恐る、談話スペースについていく。

そうした呼び出しには近頃マジでろくな思い出がない。

ところが理事長先生はにこにこ笑っていた。それはそれでなんか怖い。手にした紙袋を私に押しつけながら、先生は命令口調で言った。

「はい、梨木さん。明日からこれ、穿いて」

「……なんですか？」

「パンティーストッキング」さらりと衝撃的なことを言われた。「ああ、ちゃんと洗い替えもあるから大丈夫ですよ」

誰もそんなことは心配していない。

基本、この寮生活ではほとんど皆、ジャージとかゆったりワンピとか、ロング丈トレーナーにレギンスとかの、ゆるゆるな格好をしている。自宅でくつろいでいる時と大差ない。何しろ下界とは隔絶されているのだから、お洒落をする必要がないのだ。なのに何が哀しくて、パンストなんて穿かなきゃならないのだ……それも、理事長に押しつけられて。

「え、先生の趣味とかですか？」

「そんな、変質者を見るような眼で見ないで下さい」と言った理事長は、表情を引き締める。

「これはれっきとした治療法なんですから」

「治療って……」

「朝、起きることができないでしょう？　初めは睡眠相後退症候群を疑って、朝、強制的に日に当ててみたりしましたが、あまり効果が見られませんでした。そこで血圧を測ってみたら、かなり低めでした」

「血圧って、いつ？」

「朝ですよ。あなた、ほとんど寝てましたからね」

どうりで身に憶えが無いはずだ。

「校医の湯本先生としばらく観察していたんですが、どうやら起立性調節障害で間違いなさそうですね。あなた、立ちくらみが多いでしょ」

「ええ、まあ……」

貧血気味な女性には珍しくもないことだ。

「自律神経の乱れが原因で、低血圧になっているんですよ。健康な人なら朝には交感神経が活発に活動して、夜寝る前には副交感神経が活動して身体を休ませる。あなたはこの切り替えが、うまくいっていないんでしょう」

「なんですか、それ。病気ってことですか？」

「名前は大仰ですが、なに、よくあることですよ。受験勉強で睡眠のリズムが乱れたり、強いストレス下に長くおかれたり、といったことがきっかけだったのかもしれませんね。血圧を上げる薬で改善する場合も多いですが、まずは生活全般を見直していきましょう。そしてこのストッキングは、下半身に圧力を加えて血圧を上げるための特殊な物です。しばらくは違和感があるでしょうが、これで朝起きるのが格段に楽になるはずです」

「……つまり、病気だから、朝、起きれなかったんですか？　その、起立性なんとかのせいで？」

無意識のうちに、私はへらっと笑っていたらしい。何だ、私、悪くなかったんじゃんと。

理事長先生は少し厳しい目で私を見返した。

「いいですか、梨木さん。診断がつくことは、遅刻のお墨付きをもらったわけじゃないんですよ。そこのところは、はき違えないようにして下さい。人間の身体は、自分である程度はコントロールできます。たとえば、動きの悪くなってしまった機械があるとしますね。もちろん、素人にはどうしようもない故障もあるでしょう。けれど多くの場合、ゆるんだネジを締め直したり、部品の間にたまった埃や詰まったゴミを取り除いて、ちょいと油を差してやりさえすれば、また快適に動きだしたりするものです。そういう最低限のメンテナンスもせずに、この機械はもう駄目ですなんて簡単に匙を投げるのは、そりゃ怠慢というものでしょう」

「う……そう、ですね……」

厳しい言葉に瞬時に凹《へこ》む。するとアメとムチを使い分けるように、理事長はとても優しく微笑んだ。

「大丈夫。食事から日々の生活まで、我々がちゃーんとフォローしますから。他にも睡眠障害と思しき学生が数名いますからね、お互い協力し合うのもいいと思いますよ……梨木さんと有村さんのようにね」

「あの、先生は有村さんの病気のこと……」

「ナルコレプシーですね、もちろん、親御さんと面談して把握していますよ。いずれ有効な治療法が見つかるかとは思いますが、それまでは、そうですね。いかに病気と折り合いをつけていくか、ですね。あなたと同様、生活を自分でコントロールする術《すべ》を学ばねばなりません。自分の身を守る術もね」

「ここにいる間は、私があの子を守ります」

きっぱりと言うと、当たり前のように理事長はうなずいた。

「ああ、そう言っていましたね。素晴らしいことです。美しい友情ですね。結構結構」

「ん？」と首を傾げたとき、理事長はポンと手を叩いた。

「そうだ、もう一つ言っておくことがありました。お祖母様のことはたいへん不幸なできごとではありましたが、決してあなたに罪はありません」

「え、ちょっと待って下さい。なんでその話を知って……」

何しろついさっきのことなのだ。ずっと一緒だった夕美ちゃんから漏れるはずもない。

理事長はごく何でもなさそうに続けた。

「この寮はご覧の通りとても古い建物です。従って充分な防音措置がとられているとは言いがたい。ドア越しにすっかり話が聞こえてきてしまったとしても、それはやむを得ないことです」

「なんでドアの外にいたんです？」

「それは誰かが倒れる音を聞いたからですよ。私の部屋はちょうどあなた方の部屋の真下ですからね。残念ながら、床と天井の間の防音も、充分とは言いがたく……」

「わかりました、わかりました」

「それは良かった」理事長はにっこり微笑んだ。「教育者として、女子学生の部屋の前で聞き耳を立てていたなんてあらぬ誤解をされたらたまりませんからね」

いや、絶対やってましたよね、盗み聞き……とは相手が理事長だけになかなか突っ込みづらい。

「偶然、たまたま、聞き捨てならない会話を耳にしたわけですが……」堂々と胸を反らせながら、理事長は続ける。「お祖母様が倒れるのを眼にしていながら眠ってしまったこと、あなたはとても恥じているようですが、おそらくそれはストレス性睡眠発作でしょう。あまりの恐怖から、眠ってしまったのだと思われます。ナルコレプシーではなくても、人はまるでスイッチを切るように、眠ってしまうことがあるのです。強すぎるストレスから身を守るための緊急退避です」

「ストレス……」

「ええ。ストレスは、下手をすれば人を殺してしまいますからね。甘く見ちゃ、いけません。そしてその後の、ご親戚の暴言の際も同様ですね。幼い子どもでなくとも、あまりにも酷なストレスです。あなたにはどうしようもなかったことで、それを責めるのは理不尽だと言えますが、お父様がおっしゃったように、母親を失った娘の動揺故と、許してやって下さい」

「許す……」

「ええ。今のあなたはもう、幼い少女ではなく、大人の女性なのですから」

自分が許す立場であるとは、考えたこともなかった。怒られたり、憎まれたりして当然だと。私自身が、許されることのない罪を犯したのだと、ずっとずっと恥じていたのだから。

「何もご親戚の為じゃありませんよ。あなた自身の為です」ぼうっとしている私に、理事長は畳みかけてきた。「大人になった今のあなたが、当時のあなたを許してやらなきゃならないんです。もしかしたら、今のあなたのストレスの根っこも、そのあたりにあるのかもしれませんよ」

「私が、私を、許す……」

私はただただ、ぼんやりと相手の言葉を繰り返す。納得も理解もしていません、という顔に見えたのだろう。理事長は大丈夫、とばかりに大きくうなずいた。

「教師から学んだことというのは、本当に自分の血肉となるまでには、長い時間がかかるものです。この私でさえ、師から教わったことのすべてを消化しきったとは、とても言えない。人生は、長いんですよ。成人したとは言っても、あなたはまだまだ大人としてはひよっこです。社会人としては孵化してさえいません。今はまだ、小さく柔らかいクチバシで、卵の殻をつつき割るのは大変な労力が必要だと感じることでしょう。けれどね、私ぐらいに生きてから振り返れば、あんなものは苦労のうちにも入っていなかったと、しみじみ思える日がやってきますよ……」

そう締めくくってから、理事長ははっとしたように腕時計に目を落とした。

「おっといけない、年寄りの説教は長くていけませんね。人生は長い、されど時間は資源と同じく有限です。さあ、相棒がお待ちかねですよ」

そう言われて振り返ると、少し離れたところに夕美ちゃんがいた。

理事長は、「時間は有限です」と言った言葉そのままに、せかせかと他の学生に近づいていく。

「お説教、されてたの？」

理事長の言葉を漏れ聞いたらしい夕美ちゃんが、少し気の毒そうに笑った。

「んー、ていうか、人生のお勉強？　みたいな」

「ふうん、なんかよくわかんないけど、深いね」

「うん、深いんだろね、よくわかんないけど」

なんて頭の悪そうな会話、とおかしくなりながら、私はそっと身構える。さっきはこの程度のやり取りでゲラゲラ笑って、夕美ちゃんは脱力してしまったのだ。

だけど自分で思っていたほどにはさり気なくなかったみたいで、「すごい身構えてるー」とくすくす笑われた。何しろじりじり近づいて、両手を広げてさあ来いとばかり中腰で待機していたのだから無理もない。

私はスマートな王子様とはほど遠くて。眠り姫なんて上等なものでもなくて、むしろただのお寝坊娘で。特別なストッキングを穿いたところで、明日の朝、嘘みたいに爽やかに起きられる気は全然しないのだけど。

でもこの萌木の山の木立の中で、しばしの猶予期間を得たことは……。

「――案外、悪くなかったのかも」

思いが自然と口を衝いて出る。

本当なら三月末で終わっていたはずの学校を、私たちは延命させてしまったのだ――図らずも、そして曲がりなりにも。おそらくは皆がみな、訳あり、難あり、ダメダメ集団の私たちが。

それは理事長先生にとっては想定外の不幸な出来事だったろうし、土地を買収した宗教団体には迷惑千万な事態だったろう。

だけどとにもかくにも、こうして半年間の猶予をもらえた。それは確かに温情で、この上なくありがたいことなのだ。

ならば私立萌木女学園の終焉を、カーテンコールよろしく、精一杯飾ってやろうじゃないか。

そのためには……。

「取り敢えず明日っから、朝、ちゃんと起きるぞー！」

いきなりの高らかな、けれどすごく低レベルな宣言に、夕美ちゃんが「お？」と目を見開いた。

「じゃあ私も。明日っから、居眠りしないようにしまーす」

やっぱりレベルの低めな宣言をした後で、小さく「なるべく、ね」とつけ加えている。

そりゃそうだ。

それができるくらいなら、最初から苦労はない。そもそも今ここに来ていない。

だけどもう、そんなヤボなことは言いっこなしだ。私と夕美ちゃんは顔を見合わせて、心から笑った。

もちろん私の方は、いつでも眠り姫を抱き留めるべく、体勢を整えながら。

スマートにさりげなく。そして、細心の注意を払って慎重に。

永遠のピエタ

1

あの人たちは、きっと百合《ゆり》に違いない。

わくわくしながら、そんなことを思う。

前の列で授業を受けているロングヘアが、隣の席のショートヘアに何かこそこそと耳打ちしている。二人は肩を震わせ、笑ったらしかった。

彼女たちの視線の先を追うと、ひたむきに板書する角田理事長の背中があった。彼のつるりとはげ上がった後頭部は今さら笑うところじゃないだろうにと思ったけれど、理由は一目見て明らかだった。理事長先生のお尻あたりに、ひらひらと白い尻尾がたなびいている。トイレットペーパーの切れ端だった。用を足した後、ズボンを引っ張り上げる際に引っかかったのだろう。よくある滑稽な失敗の一つだ。先生が動くたび、白い紙の尻尾は、ひらひら、ひらひら、誘うように揺れ動く。

　これはまあ、普通に笑える光景だろう。別に、箸が転んでもおかしい年頃じゃなくっても。そして通常の授業だったら、すかさず「センセー、今朝は快便でしたかあ？」なんて声をかけるお調子者が出てくるだろう。女子大なんて、世間のイメージがどうであれ、異性の目がない分、その言動はがさつ、かつ下品になりがちだ。附属高校にいたころだって、自習時間にいきなり、男性器を指す幼児語を、歌うように連呼し出すクラスメイトがいたりした。その子が見た目は楚々とした黒髪美少女だったりするのだから、世の殿方が知らない方がいい世界というものは確かに存在している。

　しかしこれは、良くも悪くも（いや、悪くも、か）、普通で、ある意味健康的な集団ではあった。

　今は、先生に対して軽口を叩く者も、下品な単語を口にして他愛なく喜ぶ者もいない。明らかに普通ではない、不健康な集団なのだ（そもそも理事長自ら教鞭を執っている時点で、相当な異常事態と言えるが）。

　目下、私たちは大学敷地内の寮に集められ、特別補講という名の軟禁状態に置かれている。三食風呂付き、外出禁止、個人で使えるネット環境なし、よほどのことがない限り面会もなし。最初それを聞いたとき、なにその刑務所、と思った。刑務所の待遇ってどんなのか知らないけど。もちろん、そうなるだけのことを、私たちはやらかしている。他の人は知らないが、私の罪状は怠惰である。連日のように夜更かしをして、朝、起きられず、面倒になってそのまま家を一歩も出ず……。などという日々の積み重ねが、今の苦境に私を追い込んだのは間違いない。私たちは、閉校予定の大学を卒業し損ねた残念集団なのだ。取り損ねた単位を、今、こうして嫌々ながら取得させられている。

『ここまで責任を持って下さるなんて、なんて素晴らしい大学だ』と親はやけにありがたがっていた。確かによくやるよ、と思う。理事長はとっくに定年退職したおじいちゃん先生たちをかき集め、自らも教師を引き受け、奥さんには食堂の管理をまかせ（管理栄養士の資格ありとのことだった）、手伝いにも身内を使い、全力で私たちを卒業させてくれようとしているのはわかる。ありがたいと思うべきなのだろうけど、正直言ってうんざりだ。

不満はいっぱいあるけど、最悪なのは一人部屋じゃないこと。贅沢言うなと怒られそうだけど、二十四時間他人と一緒なんて、息苦しいにも程がある。研修旅行の数日ならともかく、何ヵ月もの長期にわたって、だ。

私と同室になったのは、綾部桃花という名前の、ちっちゃくて、ふわふわくせっ毛ロングが印象的な砂糖菓子みたいな女の子だった……少なくとも、初日までは。あらまあ可愛いと思い、ちょっと嬉しかった。私は男女問わず、可愛い子や美しい人が大好きなのだ。

なのに一夜明けたら、ぼさぼさ頭のもっさり眼鏡になっていた。それまでコンタクトレンズだったのを止めて、髪はあろうことか自分で短く切ったという。何事かと尋ねたら、「手入れが面倒だし」という身も蓋もない返事。ガタガタのショートが、洗いっぱなしで酷い有様である。しかも身支度は顔をちゃちゃちゃっと洗っただけで終了。猫の毛繕いの方がよっぽど念入りだよ、というレベル。そりゃ通学の必要がないから、ヘアスタイリングに時間をかけるのは無駄という理屈はわかるけれども、毎日、目の保養ができると喜んでいた私としてはがっかりだ。

まじまじ見ていたら、相手は決まり悪げにそっぽを向いた。同室になってから、私たちはろくに口をきいていない。何しろ目も合わせてこないのだ。

おかしいなあ、女子大の寮とかルームメイトとか、一つ屋根の下での女の子たちの集団生活とか、言葉だけ聞いたらすごく華やかで楽しげなのに。なんだこの、どんよりして気詰まりな空間は。

ルームメイトだけじゃない。全体に、元気もなければ、意欲もない。やる気もなければ覇気もない、ないない尽くしの集団だった……もちろん、私も含めて。そんなもんがあったら、ちゃんと卒業できていただろうから、これはもはや必然だろう。だから他の部屋だって、同室同士で仲良くなったりしている様子はなかった。

唯一の例外が、隣の部屋の有村夕美と梨木朝子だ。

有村夕美は、はっとするような美少女である。二十二にもなって少女と呼ぶのはおかしいかもしれないが、さりとて「美女」という艶めいた言葉もそぐわない。どこか清らかな透明感と、童女のような無邪気さを併せ持っている。深夜の重黒い雲間から差し込む、月の光みたいだと思った。前述のように美しい人には目がない私なので、彼女を眺めているのはなかなか楽しかった。

そして梨木朝子はすらりと背が高く、地味ながらわりときりっとした顔立ちをしている。髪も短めだし、いつもだぼっとしたジャージや何かを着ていることもあって、ぱっと見、中学生くらいの雰囲気イケメン男子に見えなくもない。と言うか、私は完全にそういう風に認定した。だってその方が楽しいから。

この二人、最初は全然仲良くなかった。有村さんには初っ端《しょっぱな》から注目していたから、それは絶対だ。ネットの掲示板で、『萌女、萌えねー、ブスばっか』なんて書かれていたのを見たことがあったけど、ちゃんと可愛い子いるじゃんと思った。あの子なら、有名私大のミス○○とかより可愛いと、個人的には思う。何しろスッピン寝起きの状態で、同性でも見とれるくらい可愛いんだから。

そう言えば、萌女だって学園祭でミスを選出していた。歴代ミスで有村さんの名前を見た覚えはない。あれだけ可愛ければ誰かが推薦していたはずだけど、おそらくノミネート段階で断っていたのだろう。

女子大らしいノリで、ミスだけじゃなく、ミスターも同時に選出されている。もちろん、ノミネートされるのはミスと同じく女の子だ。梨木さんの雰囲気ならここに推薦されてもおかしくなさそうだけど、やはりその名を見た記憶がない。多分だけど、今、この寮にいる連中は皆、学園祭を率先して楽しむタイプとはほど遠いのだろう……もちろん、私も含めて。授業ならさぼっても、学園祭だけは事前準備から何から皆勤って子は、そりゃいるかもしれない。けれど私たちはそうじゃない。少なくとも私は、これ幸いと学園祭をさぼり倒してきた。だから私は配布されたパンフレットでしか、自分の大学の学園祭を知らないのだ。そもそも何のサークルにも所属していないから、行ったところで単なるお客さんになってしまう。そんな時間があったら、別のことをしたい。

だがいかんせん、今は監禁の身。外出できないわ、テレビやインターネットは自由に見られないわ、おまけにスマホも取り上げられて使用の際にはいちいち申請しなきゃならないわで、現代日本でこんな理不尽が許されるのかってレベルである。愛用のドリンクだって、入寮時に持ち込んだ二箱分をちびちび飲んでいる。これがなくなっちゃったら、どうすればいいのだろう……。寮内で自由に飲めるのは、冷蔵庫の麦茶と、なんだか体に良いとかいう特製のハーブティのみ。最悪だ。

そんなわけで私、金剛真実《こんごうまみ》には目下のところ、人間観察くらいしか、楽しみがないのであった。

2

有村夕美と梨木朝子は、最初はごく一方的な関係に見えた。夕美は初日から、「朝子ちゃん、朝子ちゃん」と親しげにしていた。でもそれは、人なつっこい夕美の性格故《ゆえ》のようで、誰に対しても同じ調子だったから、そこには別に特別感はなかった。対する朝子はいつも憂鬱《ゆううつ》そうで、反応も薄かった。だけど他の皆も概《おおむ》ねそんな感じだったから、彼女が特に態度が悪かったわけでもない。目下の状況を思えばそれがむしろ普通で、何が楽しいんだかいつもにこにこしている夕美の方が、どちらかと言えば異質だった。この二人の共通点なんて、よく居眠りをしていることとくらいか。

元々の知り合いだったわけじゃないのは確実だ。この〈特別補講〉の事前説明会の際、仲良く隣同士で腰かけている子たちなんていなかった。私自身、四年間同じ大学に通っていようが、同じ学部で同じ授業を受けようが、特別親しくなった子はいない。そもそも女子の集団が苦手だった。彼女たちがくすくす笑っていると、あ、笑われているのかなと思う。たぶん、被害妄想なんだろう……そのほとんどは。だけど、あからさまに小馬鹿にした口調で、「その服、どこで買ったのー?」なんて聞いてくる子もいて、くすくす笑いの何割かは、確実に私を嘲笑っているのが嫌でもわかる。服装も髪型も、イケてないのは自分で知っている。ついでに言えば、自分が不細工でスタイルも悪いってことも。わざわざ教えてくれなくてけっこうだし、普通の女の子がお洒落に使う時間やお金を、私は別のことに使いたい。価値観の違いってやつなんだから、放っておいてくれれば双方問題ないはずなのに、どうしてか、あの子たちはくすくす笑いを止めない。

初めて夕美を見たとき、確かあれは一年生の体育の授業でだったと思うけど、何てきれいな子だろうと、衝撃を受けた。そして思った。神様は本当に不公平だ。あんな風に生まれついてさえいれば、人生どんなにか、イージーモードだったろうに、と。

だけど数ヵ月経って、どうもそう単純ではないらしいことに気づいた。

あのくすくす女たちは、いつの間にか夕美のことを「あざとい」とか「わざとらしい」とか言って、目の敵《かたき》にするようになっていた。

漏れ聞こえてきた彼女たちの話によると、何でも学内唯一の若いイケメン講師の目の前で、夕美はわざとらしく気を失い、そして講師に抱き上げられた直後に都合良く目を覚まし、大いに慌てて見せたとか。

わかりやすい嫉妬だなあと思っていたら、夕美相手のくすくす笑いながらの悪口三昧はエスカレートしていった。「あざとい」の他に、「男好きのビッチ」で、「センスが昭和」なんだそうだ。

夕美はシンプルなワンピースを着ていることが多く、確かに流行とはほど遠いファッションかもしれなかったけれども、よく似合っていて素敵だった。良家のお嬢さんっぽい感じ。でもそれも、くすくす女たちに言わせれば、男受けを狙った演出なんだそうだ。なあんだ。

夕美みたいな容姿に生まれついたら、男にも女にもちやほやされて、嫌な思いなんて何ひとつしないんだと思っていた。

全然、違うじゃん。私がやられてることと、大して変わんないじゃん。

結局あのくすくす女たちは、自分たちの価値観が最上級だと信じていて、そこから外れる人間が許せないのだろう。いい方にも、駄目な方にも。

いや、それだけじゃないか。他者を必要以上に攻撃する人間は、実は臆病なのだと聞いたことがある。自分の地位や価値観が脅《おびや》かされるのを恐れているのだ。だからそうならないよう、先制攻撃をする。『蜘蛛の糸』で、群がってくる罪人どもを蹴落とさずにはいられないカンダタくらいに、必死だ。

そうと気づいてしまうと、なんだか色んなことがどうでも良くなった。誰かの眼を気にして萎縮するなんて、馬鹿馬鹿しいことだ。私は好きなことを、好きなようにやればいい。

――そう考えて、実行してきた。おかげでくすくす女たちの呪縛からは逃れられたし、色んな意味で楽になったし、日々もそれなりに充実した。それはそれで、良かったのだと思う。ただその結果、こうして「人間、好きなことばっかりやってると、こうなっちゃうよー」という見本のような状況に陥ってしまったわけだけれども。

卒業しそこねた残念な集団の中に、夕美の姿を見つけたときには思わず笑ってしまった。こうしてみると、あのくすくす女たちには、ある意味人を見る目があったのかもしれない。彼女らの価値観どころか、大多数の学生の〈普通〉からさえ外れてしまった私たちだから。

実際、同じ年に入学した学生の大半は、どこかしらに無事就職し、この春から社会人になっている。うちの大学は、就職の面倒見が良いので評判だった。良家の子女が通っている、という昔からのイメージのおかげか、毎年一定数の求人を出してくれる企業も多い。今日日、〈女性のみ〉、〈男性のみ〉なんて求人はなかなかかけられないけれども、本音としてはやはり、明確にどちらかの性が欲しい場合もあるのだろう。女子大に求人を出してくれる企業なら、少なくとも性別で密かに落とされるデメリットだけはない。

そのせいばかりでもないだろうけど、この就職難の折、萌女がずば抜けて高い就職率を誇っていたことは事実だ。それで私も、贅沢さえ言わなければ、どこかしらの勤め先は見つかるだろうと思っていた。だって学校のホームページにも、誇らしげに就職率の高さを謳っていて、卒業生の進路先にはけっこう有名な企業がずらりと並んでいた。だから自分だって、そのどれかには滑り込めるんじゃないかなと、お気楽に考えていた。

そもそも、入学時点で思うわけないじゃないか？　卒業生の九十二パーセントが就職、あるいは進学する大学で、残りの八パーセントの〈その他〉に自分が入るだなんて。ちらりと目に入っていたその数字も、「ああ、これはきっと永久就職ってやつね。それはそれで、悪くないかも」なんて、今から思えば「脳味噌の代わりに綿飴でも詰まってんじゃないの？」って突っ込みたくなるような激甘なことを考えていた。

現状、就職活動以前の大幅単位不足で、お嫁にもらってくれるような奇特な人も、もちろんいない。女子大自体、時代に合わなくなったのか、年々確実に数を減らしつつある。我らが萌女も、その長い歴史の幕を下ろしたばかりだ……私たちが下の方でじたばたしているせいで、完全には下ろしきれてはいないけれど。

思わず深いため息が出てしまう。

現実は、ブラックコーヒーよりもビターだ。甘い夢から容赦なく、目を覚まさせてくれる。

そう考えてふと思い出し、休み時間に厨房に向かう。

「あら、金剛さん。どうしたの？」

ののちゃんに声をかけられる。

ののちゃんこと、野々村《ののむら》千鶴さんは、小柄で丸顔の、親しみやすい雰囲気の女性である。角田理事長の奥様、松子《まつこ》さんと共に、寮のあれこれを切り盛りしてくださっている。私たちは洗濯や自室の掃除は各自で行い、共用スペースについては当番制で清掃しているが、それでも寮の仕事は山ほどある。一番大変なのは、全員に三食プラスおやつを提供することだろう。

最初に理事長から紹介されたとき、三十代初めくらいかなと思い、他の皆もそう思ったのか、何となく「ののちゃん」呼びが定着した。あとから思えば、あまりにも馴れ馴れし過ぎであった。その後、実は四十代で大学生のお子さんがいることが判明したのだ。さらにその後、ののちゃんが角田理事長の娘であることがわかった。専業主婦をしていた彼女が、両親の手伝いとしてやってきたわけだ。毎週末、必要な物資を車で運んできてくれるおじさんは、ののちゃんの旦那さんだった。普段はサラリーマンをしているという。なんだかもう、家族経営の民宿みたいだ。

「あれ、買ってきてくれました？　Bショク」

「美食？」

ののちゃんが首を傾《かし》げる。

「ゾンBショックですよー、もー」

私の愛用ドリンクの名前だ。これを飲んだゾンビが、いきなりシャキシャキ動きだすテレビコマーシャルでお馴染みで、私はその味が気に入って、けっこうはまっている。

「ああ、それ」ののちゃんが少し申し訳なさそうな顔になった。「ごめんねー、理事長の許可が下りなかった」

「えー、何でですか？　あれ、勉強するのに必要なんですよ。眠気が飛ぶし、各種ビタミンにミネラルが配合されていて、体にもいいんですよー」

メーカー側の回し者みたいな発言に、ののちゃんは苦笑しつつ、けれどやっぱり首を振った。

「ごめんねー、理事長、ああいう頑固者だから。一度駄目って言ったら、絶対駄目だから。ほんと、ごめんね」

申し訳なさそうではあるけれど、結局駄目な物は駄目の一点張りだ。見かけは優しげだけど、この人も頑固者の血を確実に受け継いでいると思う。

「えー、でも、私たちもう未成年じゃないんですよ？　お酒と煙草はまだしも、チョコもコーヒーもドリンクも駄目って、ここは修道院ですか？　そんな何もかんも禁止されたら、息が詰まりますよー」

そう抗議していたら、何やら廊下が騒がしくなった。

「先生、先生、大変！」そう叫んでいるのは、おそらく私が密かに委員長と呼んでいる子だ（好みじゃないけど、この子もわりと美人）。彼女は続けて言った。

「林の小道で、有村さんが倒れました！」

私はとっさに厨房を飛びだした。すぐ隣に続いている食堂からは、直接外に出られる造りなのだ。

外にあったサンダルを引っ掛けるように履き、誰よりも先に飛びだした。

私は良く言えば好奇心旺盛、まあぶっちゃけ物見高い方だ。今までそんな機会はなかったけれど、もし近所で殺人事件なんかあったと聞けば、張り切って野次馬の中に混ざるだろう。今回も、有村さんを心配したと言うよりは、正直な話、きれいな女の子がばったり倒れるというシチュエーションに、すごくドラマチックなものを感じたのだ。不謹慎極まりないとわかっているから、決して人には言えないけれど。

小道のゆるいカーブを曲がったところに、二人はいた。思わず立ち止まり、息を呑む。地面にぺたんと坐り込んだ梨木朝子が、抱きかかえるように有村夕美の背中に腕を回し、その顔をのぞき込んでいる……とても大切そうに、愛おしそうに。

ふいに胸がきゅうっと苦しくなる。

それはあまりにも神聖で慈愛に満ちた、美しい光景だった。

3

それはまるで、一枚の宗教画のようだった。

死んでしまった我が子キリストを抱く、聖母マリアのような。いや、ビジュアル的には逆かもしれない。神の子キリストが、死に逝く母、マリアをかき抱く。もし、キリストが十字架にかけられるようなことがなければ、おそらくそうなっていたであろう、哀しくも正しい光景。

しかしそれならば、これほど多くの画家や彫刻家の題材として選ばれてこなかっただろう。

ピエタは母が最愛の我が子を見送らねばならない、悲痛で哀切極まりない状況だからこそ、人の胸を打つのだ。

けれどもし、女の子同士ならどうだろう？　若く美しい乙女の死を悼む、少年のような眼差しの乙女。

あまりにも、美しい。完璧な一枚の絵だ。これこそが私の考える、最高のピエタだ。

もちろん実際には、夕美は死んでなんかいない。すぐに、何でもなかったように起き上がった。その際、朝子がそっと手を伸ばし、夕美は当然のようにその手につかまった。

二人はどこか惜しむようにつないだ手を離し、夕美がパタパタと衣服を払う。

「汚れちゃった」とでも言っているのだろうか。朝子がすっと手を伸ばし、夕美の髪についた、枯れ葉か何かを取ってやった。にこりと笑って、夕美がお礼を言っているようだ。

遠目に二人を眺めている私の横を、無粋で姦《かしま》しい集団が通り過ぎていった。

校医さんに理事長に委員長以下女子の一団だ。

ふうっとため息をつく。せっかくの美しい光景が、台なしだ。


この日を境に、夕美と朝子の関係に微妙な変化が起きた。

さらなる変化の兆しは、早くもその翌日だった。

私のベッドは、朝夕コンビの部屋側の壁にぴったりくっついている。極めて好ポジションと言える。壁にコップを押しつけたりしなくても、けっこう会話の断片が拾えるのだ。もちろんコップを使えば、よりクリアに聞こえるはずだけど、一度それをやったらルームメイトの綾部桃花にあからさまにぎょっとされたので、自重している。

とにかくそうした地の利から、夕美がまた、今度は部屋で倒れたらしいことを知ってしまった。大変だ、とばかり聞き耳を立てる。

しばらくして、桃花が驚いたみたいに「……ど、どうしたの？」と聞いてきた。

この子、同室になって、初めて自分から話しかけてきたよ。

それはそれで記念すべきことなのかもしれないけれど、こっちはそれどころではなかった。

なんてことだろう？　有村夕美が重い病に罹っていたなんて！

本当に、なんてこと！　だから彼女、しょっちゅう倒れていたのか。そりゃ、倒れる時点で普通じゃないから、病気を疑うべきだったのだ。なのに、きっと貧血でしょ、と軽く考えていた。それなら珍しくもないし。とりわけ女子ならよく聞く話。私だって、時々ふらつくこと、あるし。

思えば夕美は、しょっちゅう居眠りをしていた。そりゃ、残念集団の私たちだから、他にも居眠りする子なんて珍しくもなかったけど。朝子はその筆頭で、私だって午後の授業でうとうとしたり、舟を漕いだりもしたけれど。だけどそういうのは、現金なもので授業が終わればパッチリ目が覚めたりする。

夕美の場合、授業中だろうと、休み時間だろうとお構いなしだ。理事長先生から、〈眠り姫〉なんてあだなをつけられたくらい。

そう言えば昔、児童書で読んだことがある。居眠りばかりしている女の子の話。それは心臓が悪かったからで、健康的な眠気とは、まったく質の異なるものだった。

「どうしたの？」

桃花がおずおずと、同じ質問を重ねてきた。いつもは我関せずな子にそうさせてしまうくらい、私は盛大に涙を流していた。そりゃ、ぎょっとするだろうし、彼女なりに心配してくれてもいるのだろうけれど、言えるわけがない。

有村夕美が不治の病に罹っていて、おそらくはもう長くないであろうことなんて。

本当に、美人薄命とはこのことね。神様も、ずいぶん酷いことをする。

容姿の美しさもさることながら、折れそうに華奢なスタイルも羨ましいなと思っていたけれど、そうか、あれは病気故のことだったのか……。

「……ううん、何でもないの。ちょっと目にゴミが入って……」

あからさまに嘘とわかる言葉で誤魔化したけれど、桃花はそれ以上追及してこなかった。もともと極端に口数が少ない子なのが、こういうときにはありがたい。

とにかくこの日を境に、夕美と朝子の距離はぐっと縮まり、二人はとても親密になった。

＊　＊　＊

「――自殺するのにうってつけの場所って、どこかな？」

突然朝子が突拍子もないことを言い出し、夕美は困惑したように眉をひそめた。朝子は小さく微笑むと、さらに言葉を継ぐ。

「ほら、自殺の名所みたいなところって、あるじゃない？　東尋坊《とうじんぼう》とか、富士樹海とか。人が好んで死にたがる場所……って言い方も、なんか変だけど」

「なあに、やぶからぼうに」

夕美の白く美しい額に、困惑の影が落ちる。

「だってさ」と朝子は朗らかに続ける。「人に迷惑をかけるのは、最悪でしょう？　電車に飛び込むと、遺族に賠償請求が行くっていうし、高いところから飛び降りるにしても、万一他の人にぶつかったりしたら、それこそ死んでもお詫びのしようもないし。だから誰にも迷惑がかからなくって、できれば死体が見つからないようなところがいいかなって。どこかいい場所、ないかなあ……」

朝子の口ぶりは、まるで週末のピクニックの計画でも立てているかのようだ。

「……どうして朝子が自殺しなきゃ、ならないの？」

静かに夕美が尋ね、朝子はきっぱりとこたえた。

「別に今すぐ死にたいわけじゃない。ただ、夕美のいない世界に、一人で残されたくないだけ」

夕美は薔薇《ばら》色に染まった自分の頰を、両の手で押さえ、嫌々をするように首を振る。

「そんな……朝子は生きなきゃ、駄目よ。私のぶんも」

朝子は夕美の白い掌《てのひら》ごと、彼女の愛らしい顔をそっと両手で包み込み、優しく顔を持ち上げる。

「何度も言わせないで。私は、夕美のいない未来はいらないの」

二人はそのまま、しばし見つめ合っていた。やがて、朝子がのぞき込んでいた一対の瞳が、ふっと暗い色を帯びる。

「……じゃあ、いっそ、一緒に死ぬ？」

その言葉に、朝子は晴れやかに笑った。

「いいね。でも、今すぐは駄目。夕美は精一杯、生きなきゃ。一緒にいる時間は、一分でも、一秒でも長くなきゃ、いやなんだ」

「あら、欲張りさんね」

「そう、僕は欲が深いんだ」

そう言いながら、朝子は目の前の桜色のくちびるに、甘いキスを落とす。二度、そして三度。

「……ねえ。その時には、どうやって死ぬ？」自由になったくちびるで、夕美は再びうっとりと死を口にした。「昔の恋人同士みたいに、帯で互いを結んで、どこかに身を投げる？」

「そうだね、それがいい。問題は、僕らに一番相応《ふさわ》しい場所はどこかってことさ。自殺するのにうってつけの場所は」

朝子はまた、さきほどと同じセリフを口にした。

こうして二人の〈死〉に魅入られた、けれど甘やかな会話は、永遠と続く……。

＊　＊　＊

「――そこは、『延々と続く』の誤用じゃないですか？」

いきなり背後から話しかけられ、私はホラー映画の登場人物ばりにギャーと叫んでしまった。

「や、驚かせましたかな、これは失敬」

振り返った先には、角田大造理事長がいた。その顔は思いがけないほど近くにあって、明らかに、私が使っていたパソコンのモニター画面を凝視していたのだった。

――こんなすぐ近くに！　息がかかりそうなくらい近くに老人の顔があったのに、なぜ気づかなかった、私！

「え、永遠？」

息も絶え絶えに、聞き返す。

「延々と、です。延長の延。最近の学生には、なぜかこのように誤認している人が多いですね」

「え、でも、永遠と、の方が素敵じゃないですか？」

パニックに陥った私は、〈永遠〉の二文字から離れられなくなっている。角田理事長は、厳しい教師の顔になって首を振った。

「素敵でも、間違いです。どうしても永遠という言葉を用いたいのであれば、〈永遠に〉と続けるべきです。ただこの場合、〈永遠〉はそぐわないですよね。二人はいずれ心中するつもりのようですし、そうでなくとも人の命に〈永遠〉はあり得ませんから。ただし、念のために言っておきますが、有村さんは命に関わるような病気ではありません。それと、もう一つ。梨木さんの一人称が途中から変わっていますね。口調も男性みたいになっていますし、これはそういう効果を狙ったんですか？」

いっそ無邪気とも言える口調でそう問われ、私は両手で顔を覆った。

読まれている！　お終《しま》いの数行だけ読んだわけじゃない。いつから理事長がのぞき込んでいたのか不明だけど、少なくとも、画面に表示されている部分は全部……。

「……先生、なんでこんな時間に……」

ほとんど虫の息で、私は恨み言を口にする。

何しろ夜中の二時過ぎだ。草木も眠る丑三《うしみ》つ時ってやつだ。自前のノートパソコンは持ち込みを禁じられたので、私は真夜中にこっそり食堂に忍び込み、大学のパソコンを使用していたのだ。

「ああ、年寄りはトイレが近くてねえ……」とぼけた口調で、理事長は言う。「ついでに喉を潤したくなりましてね、麦茶を飲みに来たら、モニターの明かりが見えたものですから。しかし大した集中力ですよ。この集中力が勉学に向けられていたら、今頃は……」

ああ残念至極と結んで、理事長はからから笑った。そして笑った顔のまま、私の絶望に、理事長はさらに追い打ちをかけた。

「しかしあれですね、あなたの日記は、最初は所々、おや？　と首を傾げる程度でしたが、今ではすっかり捏造の度合いが増して、ほぼ小説になっていますね」

この爆弾発言に、私はいっそそれが本物の爆弾で、この寮もろとも木《こ》っ端微塵《ぱみじん》に砕け散ればいいのにと思った。

——それを何で知っているのよーっ！

私の喉から、言葉にならない呻《うめ》き声が漏れる。

実は私は、高校の頃からずっと趣味で小説を書いている。リアルでは、誰にも……家族にも言ったことはない。私が書いているのが、二次創作とか、ドリーム小説とか言われる類のものだったから。

題材は何でもアリだったけど、最近はもっぱら人気アニメやコミックのキャラクターを借りた小説をネットにアップしている。ごく短いものから、数ヵ月にもわたる連載まで、萌えにまかせて書き進めていて、これでけっこう熱心な読者もついてくれている。ボーイズ・ラブが大好物だけど、百合、つまり女の子同士の恋愛もいける口だ。オリジナルで書いているものには、むしろそっちが多い。何しろ附属の女子高から女子大に上がっているわけだから、ネタには事欠かなかった。

私が単位を落としまくったのも、原因はこの趣味のせいだと言っていい。小説書きに熱中してしまうと、急ぎのレポートがあろうが、試験があろうが、そっちのけになってしまうのだ。徹夜で書き続けた挙げ句、明け方に爆睡、そのまま学校をさぼるというパターンも、しょっちゅうだった。

この手の趣味も、漫画やイラストなんかの〈絵描き〉だと、作画のスペースが必要だったり、道具がいっぱい必要だったり、何より完成した作品の現物があったりで、なかなか家族に隠しおおせるものではないだろう。けれどひたすらテキストデータを打ち込んでいる私みたいな〈字書き〉なら、「レポート書いてるの」で説明は終わってしまう。

アニメでも小説でもドラマでも。あらゆる物語から私は〈萌え〉を見出し、ばくばくと吸収する。そうして私の中で消化して、二次創作が生まれ出てくる。それはもう、尾籠《びろう》な話、食べたらそりゃあ出てくるわよね、というくらい、自然で当たり前のことだった。

それがこの寮に半ば強制的に入れられてからというもの、自前のテレビもDVDもなく、パソコンやスマホも自由に使えないから当然ネット環境とも遮断されている。新鮮な〈萌え〉がぴたりと供給されなくなってしまった。

そこで〈萌え〉の燃料をごく近場で探した結果が、夕美と朝子の恋愛ストーリィだった。当人たちは、まさか薄い壁一つ隔てたところで、自分らがそんな腐った妄想の生け贄にされているとは夢にも思うまい。

そして、かく言う私自身が夢にも思っていなかったことに、なんと角田理事長は私が寮の食堂にある学校所有のパソコンで密かに書きためてきた日記（多分に妄想が加味されたもの）を、どうやらすべて読んでいるらしいのだ。

「……最初はって……全部読んでるの？　なんで？　なんで？　誰にも……親にも内緒だった

のに」

もはや敬語を遣う余裕もなく、私はなじるように言った。ほんとに、なんで、としか言いようがない。なんで親バレ通り越して、いきなり大学の理事長バレなのよ。そんなのって、悲惨すぎる。

恥ずかしい、恥ずかしい、恥ずかしい……。今すぐサスペンスドラマに出てくる崖から飛び降りたい。

そもそも私は夜毎に書いた文章を、私物のＵＳＢメモリに記録して、ハードディスクのデータはちゃんとその都度消去していたのだ。それはもう、念入りに。

そう考えて、はっとする。まさかこの理事長、夜毎私の背後にピタリと張りついて、のぞき見していたわけ？　今、まさにそうしてたように。

何それ。どんなおんぶお化けだよ。妖怪子泣きジジイかよ。

戦慄しつつ、かくなる上は、秘密を知った理事長を今ここでひと思いに殺害し、その後私も自ら命を絶って……なんて物騒な妄想すらちらつく。だけどはたと現実に立ち返る。私の脳裏によぎったのは、理事長に申し訳ないとか親が泣くとかではなく、それをやったら、この禿《は》げてまん丸い理事長と無理心中ってことになってしまう、それは嫌、美しくないにも程がある……という身も蓋もないものであった。

「……眼は口ほどにものを言うと申しますが」どこかおかしそうに、理事長は言い出した。「あなたの表情は実にくるくると変わって、心の裡《うち》を物語っていますねえ……実に素直な人です」

――いえ私、決して素直じゃないです。

という想いまで見抜いたかどうか、理事長はにこにこ笑って話し出す。

「あなた方は私らの世代から見たら、未来世界の住人ですよ。物心ついたときには携帯ゲーム機なんて、とんでもなくすごい物を、まるで当たり前のように与えられて。そして今や、スマホだとかタブレットだとかいう、魔法の板を使いこなして、何でもやってしまう。その仕組みも、内部の構造も、何ひとつ知らないままにね。知らないと言えば、携帯端末があまりに万能になったせいか、パソコンの基本的なことを意外と知らない若者が多いように思います。ひとついいことを教えて上げましょうか。パソコンのデータを捨てるゴミ箱からは、簡単に消去したデータが取り出せるんですよ。間違って大事なデータを消したときのためにね」

「……つまり、先生がゴミ箱から私の文書を取り出したってことですか？　それってプ」

と言いかけて、遮られた。

「プライバシーはありませんよ、大学所有の、皆で使っているパソコンには。そして私には、知る義務があります……なぜ金剛さんが、卒業できないほど単位を落としてしまったのか、その理由をね」

「……いえ、あの、スミマセン」

私は深くうなだれる。アホな小説を書いていて徹夜して、朝起きられないの連続でしたなんて、どこに出しても恥ずかしい理由だ。

「最初はね、病的な睡眠障害かと思ったんですよ。他に横綱級がいるせいで目立っていませんが、金剛さんも大概ですよね、朝に弱いのは。けれど毎晩こんなふうに遅くまで起きているんじゃ、朝起きられないのも当然ですね」

「はあ、ええ、スミマセン」

ぺこぺこと、頭を下げる。一刻も早く、この場から逃げ出したかった。その為の呪文の如く、スミマセンを繰り返しながらそそくさと撤収準備を始めたら、理事長が言った。

「それ、やはりあなたが飲んでいましたか。ゴミの中に見慣れないものがあると思っていたら、千鶴に購入を頼んだそうですね。その手のドリンクを常飲するのは、あまり感心しませんね」

それ、と指差されたのは、飲みかけのBショクのボトルだった。

パソコンのゴミ箱どころか、リアルのゴミ箱までチェックされてたのか！

想像以上の管理っぷりに、辟易《へきえき》した。とんだ管理社会《デストピア》の住人だよ、まったく。

「あ、大丈夫です。もうこれが最後の一本ですから。持ち込んだの全部、飲んじゃいましたし」

ののちゃんに購入を頼んでも、断られたし。

ハタチをいくつも過ぎているってのに、どうしてここまで口うるさく言われなきゃいけないんだか。うちの親だって、こんなに厳しくはない。と言うか、基本、うちの両親は娘に激甘だ。これが欲しいと言えば、まず大抵は買ってくれたし、好きな食べ物なんて箱買いして常備してくれる。親の甘やかしをいいことに、好き勝手やってた結果が、この有様なわけだけど。おかげで少々……いやだいぶ、ぽっちゃり体型になったけれど。でも、太っていることに関しても、この寮には理事長の言葉を借りれば〈横綱級〉が他にいるので、私はさほど目立っていない……と、思いたい。

「なるほど、しかしもうあなたは寝るべきなので、これは必要ないですね」と角田理事長はひょいとボトルを取り上げた。えーっと思ったけれど、有無を言わせない雰囲気だ。ボトルをしげしげ眺めつつ、「それからもう一つ聞きたいのですが」と、まるでチェック項目を潰していくように、理事長は続ける。

「……なんですか？」

まだあるのか、とうんざりしつつ言葉を返すと、理事長は人の良さそうな笑みを浮かべた。

「いや、単なる好奇心です。どうしてあなたの物語で、あなたは主人公じゃないんですか？」

正直、「は？　馬鹿じゃないの？」と思った。実際、口に出しては言わなかったけれど。可愛いわけじゃなく、スタイルも悪けりゃ、頭脳明晰なわけでもない。性格だって自分で言うのもなんだけど、決して良くはない。うちの親はよく言っている。

「お父さんとお母さんだけは、あなたの味方よ」と。裏を返せば、私の味方なんて両親だけしかいないのだ。親戚のおばさんや、学校の先生に「少し甘すぎるんじゃ」なんて言われても、まったく怯《ひる》まず、迷わず、私をいい子いい子し続けてきた。自分の親ながら、ある意味あっぱれだと思う。

蜜の壺に浸し、砂糖をまぶすみたいにして育てられた私は、たとえ大学を卒業できたところで、その先の展望なんてない。どこかの会社で普通に働くなんて無理だと思うし、そもそもどこも雇ってくれないだろう。お見合いしたって、まず向こうから断ってくるだろうし。だって私が男なら、こんな女を専業主婦にして養うなんて、まっぴらごめんだもの。何その罰ゲームって感じ。

私にわずかでも救いがあるとすれば、こうして自分を客観視できているところだ。こんな私を主人公にした物語なんて、誰も読みたくない……そう、私自身だって。こんなデッドエンドそのものの集団生活の中にさえ、魅力的な人ってのはちゃんといる。夕美と朝子の二人がそうだ。私は彼女たちの物語なら、読みたいと思う。

私は私が読みたいものを書く。私は私の物語を読みたくない。

——反射的、かつ瞬間的に、そんなようなことを考えた。私の眼が、口ほどにものを言っていたかどうかは知らない。理事長先生は、それ以上尋ねてくるようなことはなかった。

私はそれでようやく解放されて、自室へと戻った。ベッドに横になったけれども眠れず、不満と苛立ちが、胸の裡でちりちりと燻《くすぶ》り続けていた。

4

眠れない、は往々にして、朝、起きることができない、に直結する。つまりは、なんだかんだ言っていつのまにか寝ていたということなわけだが、そんなときに無理矢理起こされることくらい、腹の立つものはない。

「――朝。遅れる。起きて」

ぼたりぼたりとまるで馬糞か何かの様に、素っ気ない言葉が落ちてくる。薄く目を開けると、ボサボサ頭に変な眼鏡の女の子。ルームメイトの綾部桃花だ。まったくもって、爽やかな目覚めとはほど遠い。

薄目を開けたまま、動こうとしない私に焦《じ》れたのか、馬糞のサイズは少し大きく、そして勢いも強くなった。

「金剛さん！　起きて。もうドアの外で理事長が待ってるよ」

ああ、理事長に言われて、義務的に起こしているわけね。

このまま起床を渋っていると、理事長その人が乗り込んでくることは、隣室の梨木朝子の例で実証済みである。

渋々半身を起こすと、すかさず「金剛さん、早く着替えて」とくる。

何様だよ、ほんと。

苗字を連呼されて、朝っぱらからイラッとした。

私は自分の苗字が好きじゃない。ごつくて厳めしくて、まるで山とか力士みたい。でなきゃ、石みたい。母からは、『金剛石ってダイヤモンドのことよ、素敵な苗字じゃない』と言われたけれど、その字面じゃ固いばっかりだよ……ダイヤだけに。

その点、名前の方の〈真実〉は、字面は少々重いけど、音だけ聞けば〈マミ〉なので、そこそこまあまあ可愛らしい。だから入寮初日、桃花には言ったのだ。

『桃花ちゃんって呼んでいい？』

私のことはマミって呼んでねと続けるつもりが、露骨に顔をしかめられた。

『え、いや……綾部でいいよ』

初っ端からの、〈あなたとは仲良くなりたくありません〉宣言にも等しいこの言葉に、『あら可愛い子』と少し浮かれていた私は冷水を浴びた気分だった。

こと対人関係において、私のメンタルは豆腐のように脆い。以降、入寮半月ほど経過した今に至るまで、互いにバリヤーを張り合っているような日々だった。

――お隣の部屋ではあっという間に打ち解けて、「朝子ちゃん」「夕美ちゃん」と呼び合っているというのに。

桃花はさっさとドアに向かい、「先生、金剛さん、起きました」と告げてそのまま出て行ってしまった。

どうせ私は不細工ですよ。だから漫画やアニメみたいに、可愛子ちゃんたちがキャッキャうふふしてるみたいな展開には、どうしたってなりませんよね、わかってます。

寝覚めが悪いとはこのことで、その日一日、苛々は続いていた。ろくに眠れていなかったから、授業中、ついつい うとうとしていたら、名指しで何度も注意を受けた。何でよ、他にも寝てた人いるじゃないと、頭に来た。

理事長先生は目が合うと、訳知り顔に微笑んでくる。昨夜のことを思い出して、死にたくなった。今からでも、どうにかして亡き者にできないかと思う……無理だけど。私がスーパー脳外科医なら、ヤツの脳味噌をちょちょいといじくって記憶を消してやりたい……無理だけど。ルームメイトは相変わらず素っ気ないし、朝子と夕美は相変わらず仲良しだし、入寮半月目にして、何もかもが嫌になってしまった。もう無理、限界。お家に帰りたい……。

眠くて眠くてたまらないのに、その夜はやっぱり寝付けなくて困った。なのに、いつの間にか夢を見ていた。いつも行っている、コンビニの夢。住んでるマンションの一階にあるから、二十四時間いつでも気軽に行けていたのに。そんな習慣も、今は完全に封じられている。現代日本人の生活じゃないよ、こんなの。

ヤッター、久しぶりだーと、陳列棚に手を伸ばしたところで目が覚めた。目の前に、ボサボサ頭の女の子がいて、イラッとした。

「あ、起きた」

そうつぶやき、くるりと背を向ける。今まさに、私を起こそうとしていたらしい。もぞもぞと着替えながら、「あー、アタマ、痛い」とつぶやく。桃花がちらりとこちらを振り返ったものの、無言でまた背を向ける。「大丈夫?」くらい言ってくれても、罰は当たらないと思うんだけどなあ……。

朝のうちに芽生えた頭痛は、みるみるうちに根を伸ばし、キリキリと脳髄に食い込んできた。私は元々頭痛持ちだけど、今回のはひときわ酷い。キリキリがギリギリにバージョンアップし、極太の縄で締めつけられているようだ。両手で頭を抱えるようにして、歯を食いしばって午前中の授業をやり過ごした。

食堂を教室代わりにしているので、授業中にも厨房からの匂いがダイレクトに流れてくる。いつも、ああ、今日はカレーだななどとわかってしまうのだが、今日の昼食は焼き魚らしかった。その匂いを嗅いでいるうちに、段々胃がムカムカしてきた。吐き気は強まるばかりで、昼休みになっても食欲なんてかけらもなかった。

厨房にいるののちゃんに食欲がない旨を告げ、自室に戻って横になる。芋虫のように体を丸めたり、うつ伏せになったり、また仰向けになったりしてみたが、頭痛は一向に治まらない。相変わらず胃はムカムカしている。痛くて辛くて、おまけに理事長バレの件を思い出しては恥ずかしくて身もだえし、ごろごろ転がっているうちに涙が出て来た。

どうして私は、今、こんなところにいるんだろう？

もう嫌だ。何もかもが、嫌だ。

もう卒業なんか、できなくていいよ。どうせ卒業したって、何の意味もないんだ。だったら家に引きこもっていたって、同じじゃない？

この頭痛が取れて、動けるようになったら、さっさと家に帰ってしまおう。後のことなんて、もう知らない……。

そう決めたとき、ノックの音と共に私の名を呼ぶ声がした。

ドアを遠慮がちに開けて、隙間からまん丸い顔がそっと覗く。角田理事長だった。よりによって今、一番会いたくない人だ。

「大丈夫ですか？　綾部さんから、あなたが頭痛がすると言っていたと聞きました。食欲もないそうですね」

思いの外優しく、理事長は言う。

「もう嫌です。頭が割れそうに痛いです。吐き気も酷いです。もう家に帰ります」

涙をぼろぼろこぼしながら、私は理事長に訴える。これは許可を求めているんじゃない。単なる決定事項を告げているのだ。

「わかりました。まずは、医務室で、湯本先生に診ていただきましょう」

ああそうだ、と思う。この寮には元校医の湯本先生が常駐されているのだった。医務室で、痛み止めをもらえばいい。この頭痛さえ治まれば、家に帰れる。

私はよろよろと立ち上がった。


痛み止めさえ出してもらえれば即座に終わる話なのに、湯本先生はやたらと丁寧な問診や診察を一通り行った。それからカーテンの向こうに待機していた理事長を呼び、「やはりですねえ」と言った。

「ああ、やはりですか」と訳知り顔に理事長もうなずく。

「はい、これはリダツショウジョウでしょう」

え、何それ。怖い病気なの？

おののきつつ、二人の老人の顔を交互に見やる。アインシュタインみたいな白髪頭に、つるつるのハゲ頭が、同時にこくりとうなずいた。

湯本先生がゆっくり立ち上がり、薬品棚から取りだしたのは、思いがけない物だった。

ゾンBショック。通称Bショク。

ああ、これこそが夢に出て来たコンビニで、私が買おうとしていた品だ。

湯本先生はボトルのキャップを開け、目盛りのついた透明なコップに慎重にドリンクを注ぎ、私に差し出した。

「さあ、お薬ですよ。ゆっくりお飲みなさい」

はあ？　と思ったが、とにかく受け取り、ゆっくり飲み干す。最後の一滴まで飲み終えて、思わず深いため息が漏れた。

「美味しいですか？」

傍らの角田理事長に聞かれ、素直にはいとうなずく。湯本先生が、コホコホと空咳をしてから口を開いた。

「こうしたエナジードリンクには、カフェインが多量に含まれているのはご存じですか？」

「ええ、まあ……」

元々、夜に小説を書くときの、眠気覚ましとして飲んでいたのだから、それくらいは百も承知だ。

「これは国産のものとしては、かなりカフェインの含有量が多いですね。これ一本で、成人が一日に摂取できるカフェイン量の半分ほどになります。あなたこれ、一日にどのくらい、飲んでいました？」

「……多いときで、三本くらい……」

「明らかに過剰摂取ですね。あなた、カフェイン中毒になっていますよ。立派な依存症です。今、具合が悪くなっているのは、急激にカフェインを断ったことによる、離脱症状でしょう。主な症状は強い頭痛や吐き気、眠気や不安、抑鬱などですが……当てはまっていますねえ」

「金剛さん」と角田理事長も言った。「急激にカフェイン摂取を断ち切ると、今みたいに離脱症状が強く出てしまいますから、ゆっくり、徐々に減らしていくとしましょう。なあに、心配はいりません。湯本先生が、ちゃんと計算してくれますよ」

湯本先生は任せておけとばかり、胸を叩く。強く叩きすぎたのか、また空咳が出た。

「あの、でも私、もう家に帰ることに決めたんです。残念ですけど、卒業は諦めます」

「ああ、それは無理ですね」あっさりと、角田理事長は言った。「ご両親とは打ち合わせ済みでしてね、たとえあなたが途中で逃げ帰っても、またこちらへ送り届けて下さるそうです」

「嘘っ。うちの親は超過保護ですよ。私の望みなら何だって……」

「ご両親は、あなたを愛していればこそ、あなたの死を望んでいません」静かに理事長は言った。それから少し厳しい顔になり、「実際、国内外で、こうしたエナジードリンクの過剰摂取で亡くなる方が何人も出ているんですよ。ニュースで見たことはありませんか？　そりゃ彼らは無茶な飲み方をしていたかもしれない。しかし彼らとて、最初はごく常識的な量を飲んでいたはずです。常飲することにより依存性も高まり、摂取量はどんどん増えていく。アルコール中毒などと同じですよ」

「依存症の怖いところですねえ」

湯本先生も、穏やかに引き取る。

私はズキズキ痛む頭を抱えた。

実のところ、今の私はカフェイン中毒の離脱症状と共に、ホームシックも併発している。それはもう、嫌って程自覚しているから、何としても、今すぐ家に帰りたかったのに……。

どうやらそれも、叶わぬ夢らしい。

「……午後の授業、休んでてもいいですか？」

肩を落として尋ねたら、理事長は満面の笑みを浮かべた。

「ああ、それなら心配いりません。ロビーの長椅子を食堂に運びましょう。ゆっくり横になりながら、授業を受けられますよ」

「……いえ、いいです。普通に受けます」

諦めて、立ち上がる。こんな狸ジジイ相手に、へなちょこな私が敵《かな》うはずもない。

医務室を出ようとする私に、理事長がやけに朗らかな声で言った。

「金剛さん。いつか、あなた自身の物語を、読ませて下さい。楽しみに待ってますよ」

私にできたのは、そっと肩をすぼめることくらいであった。

5

「――頭、大丈夫？」

いきなりそう言われて、「え？」と思う。

ようやくその日の授業を終えて、ぐったりと自室に戻ったら、後から入ってきた桃花が私を見て「あ……」と言ったきり固まっていた。何事かとこちらも突っ立っていたら、十秒くらい経ってからようやく出て来た言葉が、それだ。

「……痛いの」と追加された言葉も説明不足ではあったものの、言わんとしていることはやっとわかった。彼女は私の頭痛を案じてくれていたのだ。

「びっくりした。頭おかしいんじゃない、的な意味で言われたかと思った」

茶化すように返すと、桃花の顔がほんのり赤くなる。

「少し、マシになった。ありがとう」

そう付け足すと、桃花は小さくこくりとうなずいた。

何となくわかってきた。この子は別に私のことが嫌いなんじゃない。極度のコミュ障なのだ。人から話しかけられれば、一応返事はできる。理事長から私を起こせと言われれば、その通りにする。でも、全然言葉が足りていないし、会話を発展させることはできないし、まして自分から話しかけることなどできない。

だけど今、桃花は私の体調を気にして、自分から声をかけてくれた。よくわからないけど、それはきっとすごいことなんだろう。

こういう人は、こちらが勝手にしゃべっている分には、たぶん、そんなに問題はないはず。だから好きに話すことにした。

「……私さ、自分の苗字、あんまり好きじゃないんだ。堅苦しくって。だからマミって呼んで欲しくて、それで桃花ちゃんって呼んでいいって聞いたんだ。断られたけど」

桃花の長いまつげが、ぱしぱしと揺れた。

「……じ、自分は……自分の……名前が大嫌い。呼ばれたくない。それで……ごめん」

「いや、謝ることじゃないでしょ。名前が嫌なら、苗字をもっと可愛くさ、綾ちゃんとか、アーヤとかってのは、どう？」

そう提案してみたら、ぴしりと言われた。

「それも嫌だ」

自分の語調が強すぎたのに気づいたのか、桃花は焦ったようにつけ加えた。

「自分の何もかもが、全部嫌いだから」

理由になっていない。また頭がズキズキ痛んできた。自分のベッドに横になりながら、適当に言う。

「えー、何それー、すごい贅沢。綾部さん、ちゃんとすればすっごく可愛いのに」

まさに、〈可愛いは正義〉ってやつ？　半ばやっかみを込めて、思う。

なのに桃花は濡れた子犬みたいに首を振った。

「可愛くない。チビだし」

え、そこ？　背が低いのを、気にしているの？

人はどうして、ないものねだりばかりするんだろう？　少し、腹が立ってきた。

「じゃあ、私とそっくり入れ替わっていれば良かった？　少なくとも、あんたよりはけっこう背が高いよ？」

「それも、嫌」

即答ですか。ずいぶんはっきり言ってくれるじゃない、この正直者め。どうせ私は、可愛くありませんよ、だ。

だけどこの子の自己否定や自分を卑下するところは、私とどっこいどっこいなのかも（私の方は、ちゃんと自分を客観視した上でのことなのが痛い）。相変わらず、このルームメイトとは、ちっとも打ち解けられそうな気がしないけど。

でも少なくとも、入寮後半月の間に交わしたよりも多くの言葉を、今、私たちは口にした。曲がりなりにも言葉のキャッチボールってやつができた。ひょっとすると、残念な子たち揃いのこの寮の中でも、飛び抜けてダメダメかもしれない二人の間で。

たぶんこれは、ちょっとした奇跡だ。

ふと、私の小説に使えるかもしれないフレーズを思いつき、心の片隅にメモを取る。

単位は一日にしてならず。人とのコミュニケーションもまた、然り。

私たちの祝・卒業までの道は、〈永遠と〉続くのであった。

鏡のジェミニ

1

その子を見たとき、あまりの痛ましさに泣きそうになった。

暖かな春の日には不似合いな、厚手の上着を着込んでいる。私にはむしろ暑いくらいの陽気で、並んで座った私達は、まるで季節の違う国からやって来た旅行者みたいだった。

私達は同じ女子大の、同じ学部に通っていた。入学年度も同じ。だから当然、教室やグラウンド、食堂や図書館で何度も顔を合わせている、はずだった。

けれど実際には、入学して丸四年経過した時が私達の初対面だった。

その原因は、明らかだ。

単純な話、学校を休みがちだったのだ……私も、彼女も。

そしてその〈原因〉は、単位不足で卒業できないという、不名誉な〈結果〉をもたらした。

私の場合は、自業自得以外の何物でもない。入学してから身についてしまった、怠け癖のせいなのだから。

朝早く起きて、ぎゅう詰めの電車に乗るのが、ひたすら憂鬱《ゆううつ》だった。通学の距離も長くなり、長時間電車に立ちっぱなしなのも、乗り換えの度に結構な距離を歩くのも、駅から学校まで延々と坂を上るのも、すべてが体力的にキツくて億劫だった。

やがて、二限目からなら電車座れるかも、とか、今日は授業一つしか入ってないから、行かなくてもいいか、なんてことを考え、そして自分にそれを許してしまった。

もちろん、単なる甘えである。私よりもっと遠距離を、遅刻もせずに毎日せっせと通っていた学友は、確実に単位を取得してきちんと卒業していった。己の怠惰を悔いても、今さらだ。

しかし彼女、細井茉莉子《ほそいまりこ》の場合は、事情はもっと深刻だ。当人から聞かずとも、一目見てわかる。

上着の袖から覗く腕の、あり得ないような細さ。骨の形がわかるような手の甲。こけた頬、人の首にはこんな大きな筋があったのか、というのがくっきりわかる首筋……明らかに、拒食症だ。名は体を表すという言葉が、これほど洒落にならない人を他に知らない。

彼女は私物らしい座布団を持参して、椅子の上に敷いていた。おそらく、そうしないと骨が当たって痛むのだろう。

飽食の国に生まれて、どうしてこの子は飢え死にしかかっているような状態になっているのだろう？

暖かな春の日に、どうしてこの子だけ、氷漬けになった魚みたいに寒そうにしているのだろう？

白っぽくかさついた肌をして。どこかが痛んでいるみたいな、青ざめた顔をして。

痛いのは、私の胸もだ。

痛ましいというのは、まさにこういう気持ちなのだろう。

拒食症について、テレビなどで見聞きした以上の知識はない。食べることができなくなってしまうのだということは知っている。若い女性に多く、体型を気にして、過度なダイエットをすることから始まりやすいことも知っている。でもそれだけだ。いざ、目の前に生きた症例を突きつけられたら、薄っぺらな知識なんて跡形もなく消し飛んでしまうほどの衝撃だ。

誰かを憐れむなんて、傲慢なことだろうか。私の憐れみなんて、飢えた子どもたちの為に、募金箱に落とし込む小銭ほどの意味もないかもしれない。けれどその時の私は、憐憫の思いでいっぱいで、息苦しいほどで、今にもはち切れそうだった。

可哀相に……可哀相に……可哀相に……。

そんな私の不躾《ぶしつけ》なまでの視線に気づいたのだろう。隣に腰かけた細井茉莉子が、ふとこちらを見た。

まるで小さな二つの洞穴みたいに、暗くて虚《うつ》ろな双眸だった。

2

特別補講の事前説明会で出会った翌月、私達は大学の萌木寮に強制入寮となった。エイプリルフールのスタートだ。

そして私、小山《こやま》千帆《ちほ》は、細井茉莉子と二人部屋に同室となった。

実はそのことは、ある程度予期していた。説明会の後で、一人一人の面談があった。寮で集団生活をしていくにあたっての、問題点や要望を伝えるための場である。理事長先生と一緒に、白髪頭のおじいちゃんも同席していた。萌木寮専属の校医となる、湯本先生だと紹介された。

面談の最後に、その湯本先生に聞かれた。

『説明会の時、あなたはずっと隣に座った細井さんを見ていましたね。どんなことを考えていたか、良ければ教えてくれますか？』

その時初めて、彼女の姓が細井なのだと知った。とっさの質問に戸惑いはしたけれど、正直に答えた。

『――あの子に、いっぱいご飯を食べてもらいたいと思いました』

すると湯本先生はにっこり笑って、とても優しく言った。

『そうですね。本当に、そうできるといいですね』

面談でのそのやりとりは、部屋割りに無関係とは思えなかった。

私は、誰かに与えられる食事とは〈愛〉だと思っている。

私の母が、そういう考え方の人なのだ。

料理上手で、情が深くて、心底優しくて、おまけに美人でスタイルも良くて。弱っている人や、困っている人を放っておけない、自慢のお母さんだ。

私が学校で苛《いじ》められて、ひどく落ち込んでいた時にも、母は甘いお菓子を作って慰めてくれた。食卓には好物をこれでもかと並べてくれた。甘い物や美味しい物には、確かに人を元気にする力がある。母が作ってくれる食べ物は、私にとっては心のお薬だ。食べることこそが、喜びだ。

たとえば、凍えそうな冬。熱々のスープが食道を滑り落ちて胃にたどり着き、お腹をじんわり温めてくれる感じが大好きだ。あるいは酷い風邪を引いたとき。お母さんが作ってくれる卵粥の、ちょうどいい塩気とご飯のほのかな甘みが大好きだ。落ち込んだときや疲れたときの甘い物には、元気が出てくる魔法の力がある。受験前日のカツ丼は、合格の確率を必ず上げてくれると信じてもいる。

そんな私にとって、細井茉莉子の現状は、到底見過ごせるものではなかった。

あの子には栄養が足りていない。それは私からしてみたら、愛情が不足しているということだ。

もしあの子に、年頃の女の子相応の柔らかな丸みがついたら、きっとどんなにか可愛いだろう。

足りないのなら、補えばいい。私があの子に、愛と食べ物を注げばいいのだ。大地を慈しむ温かな雨のように。私は母に仕込まれて、料理だけは大の得意なのだ。

とはいうものの、事態はもちろんそんなに簡単ではない。拒食症は立派な病気だ。親が泣こうが、医者に諭されようが、食べられないものは食べられないのだろう。いきなりルームメイトになった私に「さあ、食べて」と言われて食べられるくらいなら、そもそもこんな深刻なことにはなっていないはずなのだ。

一番の問題は、この寮の食事はすべて管理されていて、自由にならないってことだ。

私達の三食からおやつに至るまで、食の一切合切は角田松子さんと野々村千鶴さんが取り仕切っている。何と角田理事長の奥様とお嬢様だ。厨房は、このお二方が治める王国である。たとえ理事長といえど、そこを勝手に荒らすことは許されていない。

厨房には業務用の冷蔵庫があるのだが、驚くことに鍵が取りつけられている。食材はすべて、そこに厳重に収納されているのだ。それとは別に小さめの冷蔵庫があって、それは二十四時間誰でも開けていいことになっている。合宿施設として使われていた頃には、各自が持ち込んだドリンクやアイスを冷やしていたらしい。けれど今、きんきんに冷やされているのはお水と麦茶だけだ。冷凍庫にあるのはただの氷と保冷枕だけ。日本国内でもトップレベルで寂しい冷蔵庫だと思う。アイスクリームとまでは言わないけれど、せめてジュースと牛乳くらいは追加して欲しいと申し出てみたのだが、あっさり却下された。温かい物はハーブティが飲み放題だけど、そんなお洒落な物を置くくらいなら、ただの紅茶を常備しておいて欲しかった。私は濃くて甘いミルクティが大好物なのだ。コーヒーを飲みたいとぶうぶう言っていた子も何人かいたけれど、すべて「予算の都合により」これまたあっさり却下された。理事長によれば、「この特別補講にかかる親御さんの負担を考えて、費用は限界まで抑えています。こちらはもう、出血大サービスです。使えるものはなんでも使うし、無駄は極限まで省きます。でありますから、食事その他待遇についての異議申し立ては、原則として不可とします」とのことだった。

実際、寝食風呂付き特別補講としては破格の受講料であったらしく、父親はひれ伏さんばかりにありがたがっていた。母にも、「大学中退なんてことになったらどうするのよ。とにかく何が何でも卒業してきなさい」と発破《はっぱ》をかけられて送り出されている。何しろ卒業もできず、ましてや就職もできずで、良くてフリーター、最悪ニートにでもなられたら、という恐怖感があるのだろう。

理事長にとっては、私達は迷惑千万な存在でしかない。事実、「本当に、今頃は悠々自適の楽隠居のはずが、とんだ計算違いですよ」などと、しょっちゅう私達に苦情めいたことを言ってくる。そのわりに、どこか楽しそうでもあるのだが（基本が笑ってるみたいな顔なのだ）。

ともあれ、現在の環境で、私自身が茉莉子に食事を提供することは無理そうだった。お財布にスマホはもちろん、パスモやスイカにいたるまで取り上げられ、理事長預かりとなっている（これは脱走防止のためと思われた）。だから抜け出してちょっとコンビニ、なんてわけにもいかない。そもそも最寄りのコンビニは駅前だから、けっこう離れている。仮に小銭を手に入れたとして、またあの坂を延々と上って帰ってくるのかと思うと、考えただけで疲れてしまう。

大学の売店もとうの昔に閉鎖されているから、万事休すだ。

だけどもし食材その他を手に入れる手段があったとしても、『あの子にごはんをいっぱい食べてもらいたい』という私の切なる願いは、すぐさま頓挫してただろう。現に、最初に持ち込んだいくらかのお菓子も、どんなに勧めても食べてくれなかった。寮の食事でさえ、ろくに食べていないのに。それでどうして生きていられるのか、不思議になるほどだった。

寮の食事は全員揃って、食堂で摂ることになっている。ここは教室も兼ねているので、一日のうち、かなりの時間をここで過ごすことになる。勉強は全然好きじゃなかったから、私にとっては食事が唯一の息抜きであり、楽しみだった。朝、起きたらお腹がぺこぺこ。昼前にはお腹が鳴り、夕方にはもうひもじくてたまらない……それが、普通だと思っていた。

なのに茉莉子は、料理が目の前に並ぶと悲愴な面持ちになる。まるで皿に盛られたのがゲテモノか汚物だとでもいうみたい。心底嫌でたまらないといった風情《ふぜい》で、嫌々ながら雀がつついたくらいの量を、ちびりちびりちびりと口にする。作ってくれた人たちに失礼だとも思ったけれど、それを責めるのも酷だろう。当人の辛さは、見ているだけで伝わってくる。

寮の食事は決してまずくはない。美味しいか美味しくないかで言えば、たぶん美味しいということになるはずだ。言い回しが微妙になるのは、出てくるメニューが私の好みとは外れているからだ。献立を作ってメインで調理しているのは、角田理事長の奥様である松子さんである。管理栄養士の資格をお持ちだということで、おそらく栄養学的には満点の献立なのだろう。ただいかんせん、理事長同様、お年を召されている。メニューが完全に、お年寄り向けなのだ。

全体に薄味で、肉よりも魚が多め。油も最低限しか使っていない感じ。たとえばほうれん草なら、私の好きなバターソテーじゃなくて、おひたしで出てくる。豚肉ならトンカツやカツ丼じゃなくって、他人丼やゆで豚といった感じ。

最初に出て来た食事を見て、隣で茉莉子がぼそっと「……病院食みたい」とつぶやいていたけど、同感だ。若者にはかなり厳しい食生活と言える。しかもマヨネーズやケチャップ、ドレッシングなどをかければ物足りなさも少しは緩和されるかと思いきや、調味料の追加は全面禁止とのこと。理由は例の「予算の都合により」ってやつだ。

その上、全体的な量も何となしに少ない。お代わりをしようとしたら、松子さんは自信たっぷりに「一人一人の体格を見て、ちゃんと計算しているからこれで大丈夫」とおっしゃる。予算面の都合もかなりありそうだけど、どのみち待遇面に苦情は言えない決まりだ。誰かがふざけて「女の刑務所だー」と言っていたけど、洒落にならないと思う。いや、贅沢を言えた立場じゃないのは重々承知しているのだが。

自室に戻った時、ルームメイトに「あのメニューじゃ、食欲わかないよね」と話しかけたら、困ったような顔をされた。けれどもう少しだけ、踏み込んでみることにした。

「でも、もう少し、食べた方がいいよ」

「でも……」と茉莉子は顔を曇らせる。「食べると、太ってしまうから」

「あー、それ、喧嘩売ってる？　それなら私なんて、どうなるのよ」

おどけたように言ってみたが、相手は慌てたらしかった。

「人のことはいいんです。ただ、自分が太っているのがいやなんです。自分が許せなくなっちゃうんです」

なんで敬語、と思いつつ、懸命に言葉を探した。

「いやだから、太ってるどころじゃないじゃん」ガリガリ、じゃだめか。ミイラみたい、はもっと駄目。「えと、充分スマートって言うか。ぶっちゃけ痩せ過ぎでしょ。体に良くないよ」

慎重に気遣いつつ、そう言ったら、茉莉子は筋の浮いた首をぶるぶる振った。あまり激しく動かすと、ぽっきり折れてしまいそうでハラハラしてしまう。

「いえ、大丈夫です。これくらいが、私は一番体調がいいんです。ベスト体重って、人それぞれじゃないですか。私は今くらいが、一番元気でいられるんです」

とてもそうは見えないから心配しているんだけど。

「……そうは言ってもねえ。周りの人からも、心配されてるんじゃないの？　私だって心配だよ。あんな病院食みたいなメニューなら、食べたって絶対太らないから、もう少しだけ食べてみない？」

おせっかいは百も承知で、踏み込んでみる。するとしばらく押し黙ってから、茉莉子はぽつりと言った。

「……人に食べるところを見られたくないんです……あの、恥ずかしくて」

その言葉が嘘でない証拠に、茉莉子は真っ赤になってうつむいている。

食べているところを他人に見られたくないという気持ちは、よくわかる。世の中には、やたらと人の行動を観察し、嗤《わら》いのタネにしてくる人間がいるもの。一人で食べていると、「ぼっちメシ」なんて陰口を叩いたり。箸の持ち方がおかしいとか、歯並びが悪いとか、いちいちあげつらったり。たとえ自分のことじゃなくても、そんなことを見聞きすると嫌な気持ちになってしまう。

それに、〈食べる〉という行為は、口をあーんと開けたり、もぐもぐやったり、どうしたって間抜けになる瞬間がある。そんな無防備な姿を人目にさらしたくないという人がいてもおかしくないし、ましてや茉莉子は食べることそのものに罪悪感を抱いている節がある。大袈裟でなく、罪深いことをしているところを人に目撃されるくらいの抵抗感があるのかもしれない。

それなら、と思った。

「じゃあ、この部屋でなら？」思い切ってそう提案してみた。「ここで人目を気にしないで、ゆっくりなら、もう少しだけ、食べられる？」

まるで大きすぎる錠剤でも飲み込むような間があって、相手はそっとうなずいた。

「……そうできたら、嬉しいです」

ほっとして、私も嬉しくなった。これでもう、解決とまでは言わなくても、確かな前進だと思った。

「良かった。それなら、今から二人で理事長に頼みに行こう。きっと大丈夫だよ」

そう言って軽く引いた彼女の腕は、哀しくなるくらいに細く、骨張っていた。

間違いなく良いことなのだから、即断してもらえるとばかり思っていた。甘かったらしい。角田理事長には、少し時間を下さいと言われた。翌日、なぜか私だけが事務室（となっている部屋）に呼ばれた。

3

「昨夜の件ですが、湯本先生とも相談してみました」

開口一番、そうおっしゃった。理事長はにこにこ笑っているのだが、一対一の場面では未だに緊張してしまう。普通の大学生活を送っていれば、滅多にないようなことだからってだけじゃなく、私は昔から、先生と呼ばれる人たちがどうにも苦手だった。昨夜も、自分のことじゃなくて、かつ茉莉子と一緒だったから、なんとかなった。今、こうして一人呼び出されるってことは、駄目だってことなのねと、早くも諦めモードである。

角田理事長はにっこり笑いながら、時に厳しいことを言ってくるからなあ……それもこれも、こちらが問題ありありのせいなのだけど。

「小山さんは、細井さんとは在学中に特に付き合いがあったわけではないんですよね？」

いきなり聞かれて、ええまあとうなずいた。すると理事長はやはり笑顔で、うんうんとうなずき返す。

「それなのに、ここまで学友のことを気にかけるとは、素晴らしい心がけですね。私どもとしても、細井さんのことは特別に心配していたので、本当にありがたいと思いますよ」流れるように言い、相槌を打つ間もなく「そこで」と顔を近づけてくる。「小山さんにたってのお願いがあるのですが」

「お願い？」

思わず一歩退いて、鸚鵡《おうむ》返しに聞き返す。

「なに、大したことではないんです。部屋で別に食事を摂るという話ですが、小山さんと二人一緒の場合に限って、許可しようと思いましてね」

「え、でもそれじゃ……」

意味がない、と続けかけて遮られた。

「大丈夫ですよ。あの机で食べるなら、横に並ぶわけですから、食べているところは見えませんよ。二人で窓の外でも眺めていればいいんです」

確かに、二人部屋の個室は、両サイドに作り付けのベッド、突き当たりの窓の下に、長い板を取りつけただけの机、という造りになっている。あそこで食事を摂ろうとすれば、理事長が言ったような形にしかならないだろう。

「……それでも、細井さんは私がいるだけで、いやだと思うんですが」

「あるいはそうかもしれません。けれど、彼女一人での食事は許可できない理由があるんですよ。これは彼女のプライバシーに関わることなので、他言無用に願いたいのですが……」

「あ、はい、それはもちろん」

慌ててうなずく。

「細井さんは、まあ、見ての通りの状況で、一時は入院していたほどなんですよ。医師による食事指導やカウンセリングなどもあったそうですが、事態はあまり改善しなかったそうです。それで当然の処置として、点滴やチューブによる強制的な栄養補給ということになりました。彼女はそれをひどく嫌がって、ちゃんと食事を摂ることを約束しました。人目があるのは嫌だからとベッド周りのカーテンを閉め切って。その結果、どうなったと思います？　彼女は、食べ物をこっそり捨てるようになったんですよ」

「食べ物を……捨てた？」思わず大声が出た。「うちでそんなことしたら、母から死ぬほど怒られますよ」

「それは大変正しい教育ですし、本来なら許されることじゃありませんがね……細井さんはとても生真面目で責任感の強い学生で、普通の状態ならそういうことをする子ではないんですよ……それだけ追い詰められてしまった、ということなのでしょうね。だから我々としても、個室でならちゃんと食べますという彼女の言葉を鵜呑みにはできないんです。親御さんから、責任をもってお預かりしているわけですからね」

「それで、私に見張ってろってことですか？」

「早い話、そういうことです。食事しているところを見られるのは苦痛だという訴えも、どうやら嘘ではなさそうなのですが、我々としてもこれが妥協できるギリギリですね。それで申し訳ないのですが、小山さんに協力してもらえたらと、こうしてお願いしているわけです」

「わかりました。やります」

考えるまでもない。すぐ側で、飢え死にしかかっているような女の子を、どうして放っておけるだろう？

理事長はそのまま茉莉子とも面談し、その日のうちに私達の特別な〈部屋食〉は実現することとなった。実施に当たり、校医の湯本先生からいくつかのルールを課せられた。

朝食、昼食については、ゆっくりでいいので、できるだけ食べること。時間が限られているので、残すこともやむなし。

ただし、下げられた膳を確認し、摂取カロリーが足りないと判断した分は、間食か夕食に足すから必ず完食すること。

もしそれが達成できない場合は、点滴を行う。

ざっとそんな内容である。

私には内々で追加の指令もあった。いわく、ちゃんと食べたとしても、油断はできない。摂食障害の患者は往々にして、食事を摂った後でトイレに駆け込み、吐いてしまうからだ。その場合も点滴を行うと当人には伝えるが、念のため、なるべく行動を共にして欲しい、とのこと。要するに、食中、及び食後しばらくは、ぴったりくっついていなければならないらしい。

ただ、湯本先生の話によると、茉莉子の手には吐き癖のついた患者に特有の〈吐きダコ〉がない。手を使わずに吐く方法もあるので絶対とは言えないが、吐いてはいないという当人の言葉は一応本当だと思われる。そもそも、ある程度の食べ物や飲み物で胃が満たされていないと、吐くことも難しいから。

だがそれも、今までは、の話だ。食べてくれるようになったらひと安心、という簡単な話ではない。

拒食症患者は、ひとたび食べ始めると、今度は過食嘔吐に走りがちだそうだ。動き続ける振り子のように、正常な位置に留まることなく反対側に振れてしまう。だから、監視の目は絶対に必要なのだ。

思っていた以上に私の責任は重かった。けれど、事態が深刻なのは最初からわかっていたことだ。『あの子にごはんをいっぱい食べてもらいたい』という思いは、今もまったく変わっていない。

その日の夕食からさっそく、個室での食事が始まった。特例が目立つのはあまり好ましくないと、講義が終了する前に千鶴さんが二人分の膳を部屋に運んでくれている。

「わ、今日は餃子だよ、美味しそう」

机の上を見て、思わず歓声を上げた。餃子をメインに、豆腐とワカメとネギの中華スープ、もやしとキュウリの胡麻ドレッシングサラダ、というメニューだ。

「部屋の中、臭くなっちゃいそうね」

憂鬱そうに茉莉子が言い、私はへーきへーきと笑い返した。

「二人で臭くなっちゃえば、平気」

茉莉子は仕方なさそうに笑う。

「わーもう、お腹ぺこぺこだよー。勉強勉強であんまり動いてないのにね。やっぱ頭使うと、お腹減るのかなあ……いっただきまーす」

わざとらしいくらい陽気に、私は手を合わせた。

食事はやっぱり、楽しい雰囲気で食べるのが、一番美味しい。美味しいね、と言い合って食べれば、美味しさだって倍増だ。私なりに一生懸命考えた、〈楽しいムードで盛り上げて食べてもらおう作戦〉である。

「ねえねえ、この餃子、皮から手作りだよ。すごいねー、嬉しいなあ……」

「そうなの？」

という茉莉子の声は、さして興味もなさそうだ。

私達は横並びになっているから、互いの顔は見ていない。ただ、目の前に同じ料理が並んでいるだけだ。

私はさっそく餃子を一つ口に入れ、もぐもぐやってから言った。

「うん。うちのお母さんもたまに作ってくれるよ。やっぱ、全然違うよね。めっちゃ美味しい」

「そう……」

つぶやくように答えつつ、箸を泳がせているらしい。

「早く食べないと、冷めちゃうよ？　熱いうちに食べた方が、美味しいよ？」

別に急かすつもりはなかったが、本気で心配になった。

「うちはねー、熱い物は熱いうちに、冷たい物はぬるくなる前に、一番美味しい状態で食べてって、お母さんがうるさくって。だから『ごはんよー』って呼ばれて、すぐに行かないとものすごく機嫌が悪くなっちゃうの。でもそれはほんとにその通りなんだよね。餃子なんて冷めちゃったら、美味しさ半減どころじゃないでしょ。スープだって熱々じゃなきゃ」

そう言って口にしたスープは、先に運ばれてきた分、すでに熱々とは言えない状態だ。

「このスープ、ごま油効いてて美味しい」

言いながらぐびぐび飲んでいたら、隣で茉莉子が恐る恐る餃子に箸を伸ばすのが見えた。そっと横目で確認すると、口に運んだそれを、ゆっくり咀嚼している。

やった、食べてる。

「美味しいねー。やっぱりこの皮がさ、市販のとは全然違うのよ。中はもっちりしてて、外側はぱりっとしてて、ほんと美味しいねー」

嬉しくなって言うと、少ししてから、返事があった。

「うん……美味しいね」

それは今までと違い、わずかに熱がこもった言葉に聞こえた。

それから茉莉子は、ゆっくりゆっくりではあったが、少しずつ、箸を進めていった。今までを思えば、大進歩だ。

そして私はと言えば、彼女が辛うじて三分の一ほど食べるより早く、自分の皿を空にしていた。

「ごちそうさまー、すごく美味しかったけど、でもやっぱ、足りないよー。この倍あっても、ぺろっといけちゃうよー」

思わず本音が漏れる。連日、お年寄り向けっぽい献立が続く中、珍しく私の好物が出て来たものだから、無駄にテンションが上がっていた。

すると茉莉子がカタリと箸を置き、私の方を見て言った。

「あの、良かったらこれ、食べる？」

「え、あ、いや、そんなつもりで言ったわけじゃないから」

焦りまくってぶるぶる首を振る。

「でも、あの……」どこか必死な声の調子に、思わず私は茉莉子を見やった。彼女は落ちくぼんだ大きな眼をこちらに向けて、早口に言った。

「助けて欲しいの。頑張ったけど、でももう無理なの。お願い」

すがるような眼でそう言われ、ほとほと困り果ててしまった。私は人に面と向かって頼まれると、なかなかノーとは言えないたちなのだ。別にいい人ぶってるわけじゃない。ただただ気が弱いのだ。

ほとんど涙目で懇願され、ついに私は残った餃子とご飯を全部平らげてしまった。

……いや、正直に言おう。目の前の好物の誘惑に、抗《あらが》えなかったのだ。

駄目じゃん。食欲に負けてどうするんだ、私。飢え死にしかかっているような子の食べ物をもらうなんて、最低じゃん、私。

自業自得だが、私は深い自己嫌悪に陥ってしまった。それで矢も楯もたまらず、私は角田理事長の部屋へ向かった。事務室は無人になっていたので、理事長夫妻で泊まり込んでいる私室の方に直接行ったのだ。

声をかけて入れてもらうなり、できる限り深いおじぎをした。反省の意を示したかったのだが、そこが和室だったために、土下座みたいになってしまった。

当然ながら、いきなりのことに角田理事長は面食らったらしい。

「おやおや、出入り口に小山ができてしまいましたね」などととぼけた口調で言っている。

「あらまあどうしたの？　ま、こっちきてお茶でも飲みなさいな」と、奥様の松子さんが呼んで下さった。「ちょうど食後のお茶にしようとしてたところよ」

部屋の中には、ハーブティの香りが漂っていた。

有りがたくにじり寄り、松子さんに言う。

「今日の餃子、ほんとに美味しかったです。あの皮、手作りですよね。中の具はジューシーで、皮はもちっとパリッとしていて、ほんとすごく美味しかったです」

「あらまあ、それは良かった」松子さんはおかしそうに笑った。白髪をきれいに後ろに撫でつけて、後頭部でちっちゃなシニヨンにしているかわいらしいおばあちゃんだ。「あなたはいつも、今日のこれは美味しかったとか、また作ってねとか、色々感想を言ってくれるから、作りがいがあるわねって娘とよく話していたのよ」

少し顔が熱くなる。

「食いしん坊なものですから」そして理事長に向き直り、また頭を下げた。「それで、あの、すみません。その食いしん坊がやらかしてしまいました。あまりに美味しかったものですから、茉莉子ちゃんの分まで平らげてしまいました。いくら彼女から頼まれたとは言え……」

理事長は何とも言えない顔で、こちらを見やった。

「あの子は餃子、少しは食べたの？」

松子さんに聞かれ、はい、とうなずく。

「二つは食べました。それにサラダとスープはちゃんと、ぜんぶ。でもでも、餃子の残りと、ご飯を半分以上は私が……」

「まあ、それだけ食べたのなら……」苦笑しつつ、理事長は言った。「今回ばかりは大目に見ましょう。こうして正直に言ってくれたわけですしね。これだけ反省しているのなら、もう同じことはしないでしょうし」

「それが、たぶんやってしまいます、私」

私はわっと顔を覆った。

茉莉子に頼まれるまま、彼女の分まで食事を平らげてから、「やってしまった」と頭を抱えている私に、茉莉子がびっくりするくらい真剣に言ってきたのだ。

『どうもありがとう……ほんとにありがとう。無理言って、ごめんね』

見ると、涙をぽろぽろ流している。

茉莉子が言うには、今の彼女にとっては食べ物とは、ほとんど恐怖の対象なのだそうだ。食べることは恐ろしく、食べてしまうと、どうしようもなく罪悪感を覚える。と言ってこっそり捨てる行為には、やはりとてつもない罪悪感が付きまとう。

『食べろと強制されることが怖くなったのはね』と茉莉子は言っていた。『よくある話だけど、小学生の時、「給食は絶対残しちゃ駄目」って先生に当たったの。私、昔から食が細くて、毎日、昼休みが終わるまでずっと、半泣きになりながら給食を食べてたの。当番の子は片付けられないって怒るし、先生もうんざりしているし、男子が暴れたりして埃とかチョークの粉とかがお皿の中に入っちゃって、気持ち悪くてますます食べられなくなって、吐きそうになっちゃって……ほんとに吐いちゃったこともあるの。みんなからキタナイって言われて、泣きながらかたづけて……今でも、無理に食べろって言われる度に、あの頃のことを思い出しちゃうの』と。

確かにそれはトラウマものの記憶だろうと、大いに同情した。

そして今日、彼女が持て余した分を私がすべて平らげたことで、信じられないくらい気持ちが楽になったのだと言う。怖くてたまらない存在を、私が「正しい」手段で目の前から消してくれたのだから、と。

そんなふうに、泣くほど感謝されてしまったら。この次に、また泣きそうな顔で懇願されてしまったら。

「たぶん……いえ、絶対、断れませんー」

そう言い切って恐る恐る顔を上げたら、角田理事長はほとほと困ったと言いたげに、ご自分の禿《は》げ頭をぴしゃぴしゃ叩いた。

「ま、事情はよくわかりました。小山さん、あなたはとても優しい人ですね」

「え、あ、そんな」

と照れかけたところに、「ただし」と続いた。

「優しさには、相手のためになるものと、相手を駄目にするものがあることを覚えておいて下さい」

「……はい」と私はまたうなだれる。

「けれど話をすることは、とてもいいことです。細井さんの小学校の頃の話を聞けたようにね。人は互いに対話することで、自分でも意識していなかった問題点を発見したり、さらにはその解決策さえ見つけられたりすることがありますから。拒食症も心の問題が大きいらしいですから、細井さんとよく話をすることで、何か解決の糸口がつかめるかもしれません」

はっとする。本当にその通りだなあと思ったのだ。

「それと」と理事長はつけ加えた。「これはペナルティーとして課すのですが、細井さんは自分で食べ過ぎたと思い込んだら、運動でカロリーを消費しようと行動します。ランニングが主だと聞いていますが、小山さんにはそれに付き合って欲しいのです」

「え、でも、私、走るの苦手……」

思わずつぶやくと、理事長はにんまり笑った。

「だからいいんです。せいぜい付きまとって、ブレーキになって下さい」

「……わかりました。私、頑張ってみます」

相当に心許ないながらも、仕方なくそう答えた。

ふと目を泳がせた先に、机の上に置かれた写真立てが目に入る。小学生くらいの女の子の写真だ。どこかで見たような丸顔だな、と思いながら尋ねてみた。

「可愛いらしい女の子ですね」

すると、理事長が得たりとばかりにうなずいた。

「そうです、ミソノちゃんは可愛いんです」

「眼の中に入れても痛くない、孫娘よね」と松子さんが微笑む。なるほど、確かに理事長にどこか似ている……どこかと言うか、主に輪郭が。たぶん、機会あらば孫自慢がしたくて、これみよがしに写真を飾っているのだろう。

「この子はほんの小さな頃から、おじいちゃんの学校に入るんだと言っていたものですが……ままならないものですね」

心底残念そうに理事長は言った。

「本当ですね」と私もうなずく。

生きていれば、ままならないことばかりだと、近頃特に思う。理事長のお孫さんの可愛らしい夢だって、本当なら実現は実に容易《たやす》かったはずなのに。経営不振に陥って、学校を畳まねばならないのは、さぞかし無念なことだろう……私達のような卒業保留組が出てしまったことも含めて、だろうけど。

今、ここにいるのは、例外なく落ちこぼれの、はみ出し者たちだ。どうしてこうなっちゃったんだろうと嘆いても、今さらである。

私の幼い頃の他愛ない夢だって、今となってはもう叶う気がしない。

ふと、そういう話も、茉莉子としてみたいと思った。

4

人の何倍もかかる食事の時間中、私と茉莉子はぽつりぽつりと色んな話をするようになっていた。

たとえば家族の話。共通していることもある。父親は二人とも、普通のサラリーマン。母親は専業主婦。どちらも二人きょうだいだけど、私には兄が、茉莉子には妹がいる。

私のお兄ちゃんは、身内が言うのも何だけど、すごくカッコイイ。小学生の頃からサッカーをやっていて、いつも女の子からモテていた。自慢の兄だ。

茉莉子の妹さんは、反抗期の真っ盛りなんだそうだ。今、高校生なんだけど、親の言うことは何ひとつ聞かないし、叱られてもぷいとふくれて自室に籠ってしまうと言う。

「私には、とても無理」と茉莉子は苦笑する。「長女だからかな、親に逆らうなんて、考えたこともなかった」

「あー、なんかわかる。茉莉ちゃんって、すごく長女っぽい。私のお兄ちゃんも、すごくちゃんとしてて、どっちかって言えば優等生だもん」

「私も、優等生のいい子ちゃんだったわ……元、だけど」

「あら、過去形なの？」

茉莉子は現在進行形で生真面目だし、とてもいい子だと思う。だけど彼女は、苦笑いを浮かべた。

「過去だよ。卒業できなくて、就職もできそうにない時点で、親不孝だもの。期待外れもいいとこ」

いつの間にか、茉莉子は敬語じゃなくなっている。よしよし、と思いながら私は言う。

「それなら、私もだけどね」

隙あらば自虐に走るのが、目下の私達の日常だ。それも必要以上に卑下しているわけじゃない。逃げ隠れようも、取り繕いようもない、現実そのものだという哀しさ。

自虐を取り混ぜながらも、私達は少しずつ打ち解けていった。

私の話には、茉莉子はしょっちゅう目を丸くしていた。

私達の誕生日は共に六月で、双子座だった……これは数少ない共通点。茉莉子の家では、特に誕生日を祝ったりはしないらしい。「もう大学生なんだし」と別に疑問には思っていないようだった。

私の母は、誕生日やクリスマスにはホールでケーキを食べさせてくれる。『うちの男共は甘い物が嫌いだから、張り合いないのよねえ……千帆は大喜びで食べてくれるから、作りがいがあるわ』と言っていた。

受験や定期試験の時に夜遅くまで勉強していると、母が夜食を差し入れてくれるのだが、「ラーメンに天ぷらうどん、あ、鍋焼きうどんもおいしかったなあ……それに生クリームたっぷりの、ホットケーキ」と私が言ったら、「夜中にそんなものを食べちゃうの？」と眉をひそめられてしまった。

茉莉子のお母さんは対照的で、夜八時以降は物を食べてはいけない、甘い飲み物も飲んではいけないと教えられたそうだ。

「妹は無視してるけどね」と茉莉子は苦笑する。ということは、茉莉子自身は母親の教えを厳格に守っているらしい。

厳しいんだねと言ったら、彼女はわずかに首を傾《かし》げた。

「別に、普通よ。あ、ただね。たとえばテストで九十点取るとするでしょ？　そんなとき、絶対褒めてくれないの。なぜこの一問を間違えたのか、なぜ百点じゃなかったのかって、何度も聞かれたわ。完璧主義者なのよね」

ひええっと思う。私は茉莉子の家では生きていけそうもない。

色々話を聞いていると、茉莉子がこんなふうになったのって、お母さんに責任の一部があるんじゃないかって気がしてきた。拒食症って、真面目で完璧主義な人がなりやすいって、何かで聞いたことがある。怠惰や妥協が許せないから、極端なことになってしまうのだ。

茉莉子の場合は、お母さんが原因じゃないのかなあ……。

ぼんやりとそう思いつつ、もちろん面と向かっては言えずにいた。

だけどある日、一緒にお風呂に入ったとき、つい、口を衝いて出てしまった。

脱衣所で二人、服を脱ぐ。下着姿の茉莉子は、あまりにも無残な、生きながらミイラになった人のようだ。

私は思わず鏡を指して、言ってしまった。

「ほら、見てごらんよ。もっと食べて、もっと太った方が絶対いいって。絶対その方が、素敵だよ」

茉莉子は、何を言っているんだこの人は、という顔で鏡を見やり、次いでこちらを見返してくる。それでつい、ムキになってしまった。

「茉莉ちゃんが、うちの子だったら良かったのにね。うちのお母さんは、九十点取ったらちゃんと褒めてくれるよ。美味しいものいっぱい作って、茉莉ちゃんをそんな風に痩せさせたりしないよ。はっきり言って、茉莉ちゃんがそんなになったのは、お母さんのせいだと思うよ」

「お母さんのことを、悪く言わないで」弾け飛ぶような勢いで、茉莉子は言った。「うちのお母さんは、ちゃんと私のことを思ってくれてるもの。私の将来のことを考えて、敢えて厳しくしてたんだもの。今、私がこんななのは、お母さんのせいじゃない。全部、自業自得なの。私が駄目な子だから。だから……」

「茉莉ちゃんは駄目な子なんかじゃ」

そうフォローしかける言葉も、途中で遮られた。

「私はっ。私はね、千帆ちゃんのお母さんの方が、どうかと思うよ。千帆ちゃんのお母さんは娘のことが心配ではないの？　そんなに太っているのに、まだ食べろ、残さず食べろだなんて。痩せ過ぎと同じくらい、太り過ぎだって体に悪いし、みっともないよ？　私は、食べるのが怖いのと同じくらい、太るのが怖くて、だからこんなふうになっちゃったんだよ？」

言葉の矢を浴びせられ、私は呆然とたたずんでいた。

思わず茉莉子から目を背けたその先には、大きな鏡があった。そこに映っているのは、骸骨みたいに痩せこけた女の子と、風船みたいに膨らんで肥え太った女の子。

それはまさしく、二匹の哀れなモンスターだった。

5

それを言ってしまった瞬間、しまったと思った。だけどいったん口から出てしまった言葉は、どうしたって引っ込めることはできない。

千帆ちゃんは、口をアルファベットのOの字みたいにして、ただ、ぽかんとしていた。痛いところを突かれたわけじゃない。思ってもいないことを言われたって顔なのだ。

うすうす、気づいてはいた。

お風呂場の脱衣所で、二人、鏡の前に立ったとき。千帆ちゃんは、心底心配そうに、私の痩せ過ぎを指摘した。温かな言葉にくるまれてはいたけれど、要するに、今の私は骸骨みたいでみっともないんだと気づかせてくれた。

愕然とすると同時に、だけどあのとき、「でも……」と思ったのだ。でも、千帆ちゃんだって正反対の方向にみっともなくって、ヤバイじゃないの、と。

千帆ちゃんもまた、私と同じく自分の体型について、特に問題だと思っていなかったのだ。要するに千帆ちゃんは、自分が太っているという自覚がなかったんだ。ありえないくらい、きれいさっぱりのゼロ。

今、こうして、私のみっともなさは指摘できるのに。自分がどんなに人並み外れて太っているのか、本当に気づいていないんだ。

その驚愕の事実に、私の口も今きっと、千帆ちゃんとおんなじようにOの字みたいになっていた。


千帆ちゃんは、特別補講説明会で初めて私のことを知ったみたいだったけど、実は私の方は、もっとずっと前から彼女のことを見知っていた。それくらい、千帆ちゃんは目立っていたのだ。

体育の授業で千帆ちゃんが走っていたりすると、遠目に見た子たちから『どすこーい』なんて言われては、くすくす笑われていた。

『ちょ、あの子、すごくね？　百キロくらいあるんじゃね？』

『まさか百キロってことはないだろうけど……ないよね、まさか』

みたいな会話は、しょっちゅう耳にしている。

今の日本の、特に若い女性の中では、極端に太った子はまず大抵は、小馬鹿にされたり、露骨ないじりの対象になったりする。女同士だけじゃない。私は高校生の頃、ぽっちゃりしてきたことを男子にからかわれ、苗字をもじって『フトイさーん』なんて言われて死ぬほど辛い思いをした。

千帆ちゃんだってそうだろう。

『あれじゃ小山じゃなくって、大山だよね』なんて笑われているのが、まったく耳に入っていなかったはずはない。

テレビに出ている女優やアイドルはみんなほっそりしていて、ちょっと頬が丸みを帯びただけで、ネットで「顔パンパン」とか「超絶劣化」なんて叩かれている。一方、女芸人は体型でまず笑わせようと、わざと太ったりもする。明らかに、スリムこそ大正義でデブはお笑いの流れだ。こんなご時世で、なぜ千帆ちゃんはのほほんと、あれだけのびのび太っていられるのか。

本当に、心底、不思議だった。

彼女とルームメイトになって、なるほど、これが太る生活かと思った。

まず、体を動かさない。そしてとにかく、暇さえあれば何か食べているのだ。

寮では基本的には寮母の松子さんが作ってくれた物を食べる。お金も持たせてもらえないし、外出も禁止だから、コンビニなどで買ってくることはできない。だから最初に持ち込んだ者勝ちみたいなところがあって、ケースで持ってきた愛用ドリンクをグビグビ飲んでる子なんかもいた。千帆ちゃんの場合は、お母さんが持たせてくれたという段ボール一箱ぶんのお菓子だ。それを、朝食前だろうが、夜寝る前だろうが、お構いなしにもぐもぐやっていた。私にも勧めてくれたけど、とてもじゃないけれど口にできなかった。彼女が食べているお菓子は、砂糖とか油とか、私にとっては毒物そのものでできてるみたいなものだから。その大量のお菓子が、みるみる減っていくのは、見ていて空恐ろしいほどだった。

同室になってすぐ、千帆ちゃんに悩まされたことがあった。夜中のいびきが凄まじいのだ。寝ている間のことだから、彼女に文句を言う気はなかったけれど、眠れなくて困った。

私は体調面から、湯本先生の診察を毎日受けることになっている。その時に、不眠とその原因とを相談してみた。すると、「そんなこともあろうかと用意していました」と差し出されたのは、耳栓だった。

後で角田理事長から呼び出され、「これは彼女のプライバシーに関わることなので、他言無用に願いたいのですが」と前置きされてから言われた。

「小山さんは、まあ、見ての通りの状況で、入寮前の健康診断でも色々問題が出て来ていました。何より、心臓に強い負担がかかっているのが心配です。それに、手をすりむいていたので聞いてみたら、しょっちゅう転んでいるんだとか。本人はそそっかしいからだと言っていましたが、明らかに、体重増加による足への負担に、運動不足による筋肉量の減少と、過度の肥満に起因した悪影響の連鎖が見られます。何より、大学を休みがちだった理由が、『通学が辛かったから』ですからね。ごく普通の日常生活が困難なレベルにまで陥っているというのに、当人に今一つ危機感がないのが困ったところです。そこでですね」と理事長は、ぐいっと禿げ頭を近づけてきた。「同室になったのも何かのよしみですし、細井さんにはぜひとも協力していただきたいことがあるのですが」

「な、なんでしょう」

「いやいや、そんな怯えたような顔をせずとも大丈夫ですよ」と理事長は笑った。「何、簡単なことです。我々とタッグを組んで、小山さんを無理なく痩せさせようじゃないですか。これは直接いびきの改善にも繋がりますし、細井さんにもメリットのあることでしょう？　それに、ことダイエットに関しては、あなたほど詳しい人は他にいないでしょうし」

持ち上げるように言われて、「確かに」と思う。見たところ、千帆ちゃんはいくつかの生活習慣を改めるだけで、ある程度までは確実に、さほど無理なく痩せていくはずだった。

もちろん、いの一番で改めるべきは食生活だ。幸いというか、持ち込みのお菓子はすでにほとんど残っていない。だから後は、寮での食事をコントロールしていけばいい。

私達二人だけ、私室で食べるように仕向けるというのは、理事長の発案だった。食事の量やメニューが特別であることを、当人や他の人に隠すにはそれがベストだ。正直、これは私にとってもありがたかった。千帆ちゃんに伝えた、「食べているところを見られたくない」という表向きの理由に嘘はなかったから。そしてもちろん、ああ言えば千帆ちゃんならきっと動いてくれると見越していた。まだ知り合って間もないけれど、彼女の人の好《よ》さ、いい意味でのお節介なところは、既によくわかっていた。

低カロリーでも満足感がある食事にする為に、松子さんや千鶴さんはすごく頑張ってくれたのだと思う。ダイエットメニューだとわかっていたから、私も以前よりは食べることができた。でも、限界はあった。私に対して課せられた「残してはいけない」という要求は、ようやくバタ足を覚えた子供が、いきなり足の付かない五十メートルプールに放り込まれたようなものだった。

その恐怖に、私は溺れてしまいそうだった。

千帆ちゃんはとてもいい子だ。心優しくて、人の苦しみを見て放っておけない人だ。

そこに、付け込んでしまった。

自分で食べるべき食事の半分以上を、千帆ちゃんに押しつけてしまったのだ。

怖くて怖くてたまらない、恐怖の対象を、千帆ちゃんはいとも容易くやっつけてくれた。誰かをこれほど頼もしく感じたことはない。けれど同時に、途方もない罪悪感を覚えていた。

何としても千帆ちゃんを痩せさせなくてはならなかったのに。彼女の健康に、ひいては命に関わることなのに。

後で、理事長に正直に告白して、謝罪したら、なぜか彼は苦笑していた。

「あなたたちは、本当に似たもの同士ですね」と言われた。意味がわからなかった。見た目も、考え方も性格も全然違うのに。

その後、理事長のアドバイスもあって、千帆ちゃんと色んな話をするようになった。千帆ちゃんは、なぜ私が痩せたがっているのかを知りたがった（むしろ私は、なぜ千帆ちゃんが太っていることが平気なのかを知りたかったのだけれど、さすがに面と向かって聞くことはできなかった）。

千帆ちゃんの「なぜ？」に対して、直接的な原因みたいなものは思い当たらなかった。どうして痩せたいかなんて、そんなことはわざわざ聞かれるまでもない。女性がお化粧をするのに対して、「なぜ？」と聞くだろうか。少しでもきれいでいたい、スリムなスタイルでありたいのは、多くの女性に共通する思いではないのだろうか？

けれど千帆ちゃんを目の前にしてしまうと、そうしたことはなかなか口にしづらい。だから高校生の時に男子にからかわれたことを話してみたりした。「ああ、男子はねー」なんてうなずいていたところを見ると、千帆ちゃんにも同様の思い出はあるのだろう。

千帆ちゃんは、家族の話をよくしていた。彼女は自分の家族が大好きだ。中でも、料理上手なお母さんと、格好良くて優しいお兄ちゃんが、自慢なようだった。自分の机の上に家族の写真を置いていて、時々手に取ってじっと眺める姿があった。ホームシックになっていたらしい。お母さんみたいなお母さんになって、お兄ちゃんみたいな息子を持つのが夢なんだと言っていた。

私はと言えば、家族が恋しいという思いは正直なかった。家から離れて、むしろどこかほっとしていた。

この一年ばかり、母には、瘦せ過ぎだと大騒ぎされ、食べろ食べろと責め立てられる日々だった。挙げ句は病院に放り込まれたりしたのだから、ヒステリックに強要されない分、今の方がいくらかマシなくらいなのだ。

思えば大学受験の時にも、母は同じように大騒ぎしていた。何が何でも名門私大を目指すように言われ、その為の塾に通い詰めた日々だった。模試の結果に一喜一憂され、肝心の受験は惨敗。怒り、失望、落胆……そんな剝き出しの感情を母から浴びせられ、消えてなくなってしまいたいと思ったものだ。

そんなことを思い出し、私ははっとした。

消えて、なくなる……瘦せて、物理的に体積を減らして、氷が溶けてやがて蒸発してしまうように、自分も消えてしまいたかった？

自分でも、よくわからなかった。

ただ、千帆ちゃんの口から母への批判めいたことが飛びだしたとき、自分でも驚くくらい腹が立ってしまったのだ。

人は痛いところを突かれそうになると、本能的に強く反発するものなのかもしれない……我が身を、自分の弱い部分を守るために。

人とは勝手なものだ。他人のことなら、駄目なところ、異常なところがすごくよく目につくし、「それじゃ駄目だよ」と言いたくなる。それが、我が事となったとたんに、実に都合良く見えなくなってしまう。

自分がおかしいなんて、思いたくないのだ。誰だって、みんな。

「そんなに太っているのに、まだ食べろ、残さず食べろだなんて」「千帆ちゃんのお母さんは娘のことが心配ではないの？」

それは、とっさの防衛本能から出て来たものだとは言え、掛け値無しの本音だった。

千帆ちゃんはぽかんとした後、とても傷ついた表情を見せたけれども、一度口にしてしまった言葉はもう取り返せない。

私にできるのは、さらに言葉を重ねることだけだ。

「ねえ、千帆ちゃん。〈フィーダー〉って言葉、聞いたことある？」

本来は、単に「供給するもの」くらいの意味だ。プリンターで用紙を供給する機構を指したり、電力を供給する電線を指したりする。けれど近頃では、隠語に近い使われ方として、「他者を太らせて楽しむ者」を示す言葉として知られるようになっている。

近しい人間に、ひたすら食べ物を与え続けて〈肥育〉するのだ。

そうした嗜好を持つ人間の心は、私には理解できない。ただ漠然と、他者を支配し、コントロールすることを〈視覚的に〉楽しんでいるのだろうかと想像している。もちろん、目の前でもりもり食べてくれるのが嬉しい、というのもあるのだろう。動物園の餌やり体験が楽しいのと、さほど変わらないベクトルで。

千帆ちゃんにその言葉の意味を説明し、「千帆ちゃんのお母さんは、たぶん、それだと思う」

と告げると、千帆ちゃんはたぷたぷした顎や首を、ぶるぶると震わせた。

「そんなことないよ……だって、他の家族はみんな、痩せているもん」

そうなのだ。千帆ちゃんの机の上の家族写真を見て、それはわかっていた。

何年か前のものなのか、今ほどは太っていない千帆ちゃん。優しそうなお父さん。大学生の母親とは思えないくらい、若々しくてきれいなお母さん。そして確かに精悍で格好いい、お兄ちゃん。自慢に思うのももっともな、スマートで、美形の家族だった。千帆ちゃんだって痩せさえすれば、ぱっちり二重の可愛い女の子なんだろう。

とても素敵な写真だったけれど、それを見た瞬間、私はわずかな違和感を覚えていた。お母さんがお兄ちゃんの肩を抱いて、ぴったりくっついているのだ。まるでその隣に立つ千帆ちゃんから、少しでも引き離そうとしているように。

写真と、そして千帆ちゃんの現状を見るに、お母さんの〈肥育〉の対象は、明らかに千帆ちゃんだけを狙い撃ちしている。

実の娘に対してさえ、女としてのライバル心や嫉妬心を抱く女性はいるものだ——まるで白雪姫の継母のように（確かグリム初版では実母となっていたはずだ）。まさにあのお妃様そのものみたいに、〈母親の心のこもった手料理〉と名付けられた毒を、千帆ちゃんのお母さんは娘にせっせと与え続けた……そんな想像は、あまりにも穿《うが》ちすぎだろうか。

さすがにそこまでのことは、千帆ちゃんには言えなかった。私の想像でしかないし。ただ、その後も二人で色んな話をするうちに、いくつか思い当たる点や、気づくことがあったらしかった。

そしてそれは、私も同じだった。

私はずっと、褒めてもらいたかったのだ。子供の頃は母から。思春期以降は周りのすべての人達から。

優秀だと褒められたい。美人だと褒められたい。スタイルが良いと褒められたい。

だけどいくら努力したって、そんな望みが叶うはずもない。私は自分が望むようには優秀になれなかったし、際立って可愛いわけでも、何か取り柄があるわけでもなかったから。

現実は、いつも私を苦しめた。

きっと私は痩せ続け、いずれ消滅することで、ままならない現実から逃れようとしていたのだ。そうすることでしか、この呪縛から解き放たれないと、心のどこかで思っていたのだ。

けれど私はいつしか追い詰められ、今、出口の無い袋小路で呆然と立ちすくんでいる。

「ねえ、千帆ちゃん」と私は言った。「理事長先生がね、私達二人、似たもの同士だっておっしゃっていたのよ」

「え、どこが似ているの？　むしろ、正反対じゃない？」

「私もそう思ったんだけど」

だけど、今なら何となくわかる。私達はそれぞれが、歪んだ鏡の前に立つ一卵性双生児なのだと。

今は大きく揺れる振り子の、右と左にいるような私達だけど。長い時間の後、振り幅はゆっくり狭まっていくだろう。そして気づいたときにはよく似た姿で同じ場所にいる……そんな風に思えてならないのだ。

正反対で、全然似てなくて、だけどそっくりな双子。

「私達はね、千帆ちゃん」いつになく、饒舌になって私は言う。「あの狸理事長の策略に、見事はまったのよ。お互い、相手を助けなきゃって気にさせて。二人きりで食事をさせるように仕向けて」

「だって理事長、そのことは渋ってたじゃない？」

私は笑って首を振った。

「演技よ、すっとぼけたお芝居。調理担当の奥さんや娘さんとの連携も必要だから、少し時間が欲しかったただけなのよ。で、私達だけ特別メニューで。千帆ちゃんには足りなくて、私には多すぎる、おんなじ量で。私の分を千帆ちゃんが食べてくれたら、後でどっちも相手に対して罪悪感を抱いてしまうでしょ。それが狙いだったのよ」

千帆ちゃんは食べることに。私は食べずにいることに、後ろめたい思いを抱くようになる。

それは実に効果的な刷り込みだ。

千帆ちゃんは努めて我慢するようになり、私は無理をしてでも食べなければならないと思うようになる。

「それにね、私に付き合って食べるうちに、千帆ちゃん、食べるのがゆっくりになってきたでしょ。あと、私に付き合って体を動かしたり」

早食いは、ダイエットの大敵なのだ。

「あんまり早く食べちゃうと、茉莉ちゃんがまた、自分のを分けてくれようとしそうだからね」千帆ちゃんはにやっと笑った。「運動はね、茉莉ちゃんがオーバーワークにならないように、ぴったりくっついてろって理事長に言われたの。私みたいな足手まといが一緒だと、スローペースでしかできないでしょ」

見るからに運動嫌いみたいな千帆ちゃんが、なぜ私のランニングや散歩に付いてくるのか不思議だったけれど、やっぱりそういうことかと合点する。

「私達、足して二で割るとちょうどいいよね」と千帆ちゃんは言い、そっとつけ加える。「あ、でも……私が軽く二人前くらいあるから、三で割らなきゃか」

思わず笑ってしまった。

今は、四月。千帆ちゃんと私の誕生日が来る六月頃、二人は今とどこか変わっているだろうか。

そして順当に行けば九月には、半年遅れの卒業式だけど。その時私達は、少しは違う自分になれているだろうか。

私達は二人とも、大きな鱗《うろこ》で目をふさぐようにして生きてきた。それが剝がれ落ちた今、見える世界はおとぎ話のように残酷だ。けれど少なくとも、真っ黒な行き止まりだった道に、〈未来〉という名の小さな灯火が灯ったような気がする。その光はまだ遠いけれど、その光源を目指し、少しずつでも歩いて行けば、たとえ同じ迷路に迷い込んだとしても、行くべき道だけは見失わずにすむのではないだろうか。
とにかく今は、日々の小さな一歩を積み重ねていくしかないのだ。
――遠く小さな光を目指し、鏡の中の双子と寄り添い、そっと手を取り合いながら。

プリマドンナの休日

1

こりゃまたえらいところに放り込まれちゃったなあ、というのが、しょっぱなの感想だった。

大学四年になる年に、半年間の休学を申し出たら、親からは滅茶苦茶に反対された。それを無視して届けを出したら、今度は大学から猛烈な反発を受けた。なんと理事長自らお出ましで、こんこんと説得された。

親や学校側の反応は、ある意味当然だった。何しろ私達の代は、最後の卒業生となる運命だったから。

身も蓋もない言い方をすれば、我らが萌木女学園は経営不振から、私達の卒業をもってぶっつぶれるわけである。アーメン。跡地には、どこぞの宗教法人の施設が建つらしい。

要するに、休学を終えて復学したところで、それからじゃ単位の取得がどうしたって間に合わないのだ。大学そのものが、なくなっちゃうんだから。イコール、大学中退という形になる。そりゃ、親も必死で反対するわなーと、他人事のように思った。

「どうして今なのよ。卒業してからだって、やりたいことはできるでしょ？　どうしてたったの一年が、待てないのよ。一時の気の迷いだか気まぐれで、一度しかない人生を、棒に振る気なの？」

キンキン声で、お母さんはそうわめきちらしていた。文句は段々過去に遡っていき、私がかつてやらかした、あれやこれやを棚卸しセールみたいに並べ立て始めたものだから、私としては大いに閉口した。

「ほんとにもう、あんたは昔っから、親にも周りの皆様にも迷惑ばっかりかけて。そもそもね、あんたがお腹にできちゃったせいで、私は仕事を辞めなきゃいけなくなったのよ。本当なら今頃は管理職になって、あんたみたいなノーテンキな若い娘をアゴでこき使っていたのよ」

「やー、私みたいなタイプは真面目な会社員にはならないと思うよ」と返したら、火に油だった。

「そうよ、ほんとにロクに就職活動もしないで、どういうつもりよ。昔っから、あんたはすぐに面倒事から逃げるのよ。ほんとにそういうとこ、お父さんにそっくりなんだから」

と父親にまで飛び火する。

「悪いねえ」と父に目で合図をしたら、平気のへいざで、「夏鈴《かりん》はほんとに俺似だよなー、お母さんの血は、どこ行っちゃったんだろうなー」なんて笑っている。

一度、「なんでお母さんと結婚したの？」とこっそり聞いたことがある。別にお母さんが嫌いとかいうことじゃなくて、純粋に不思議だったのだ。だって本当に、まるっきり正反対の二人だったから。

「いやいや、お母さんには感謝してんのよ、俺」ソファにごろんと寝そべりながら、お父さんは言っていた。「俺が今、一応真っ当な社会人でいられるのは、ほとんどお母さんのおかげといっていいんだぞ。俺の学生時代のあだ名なんてな、フーテンのヤジさんだぞ」

威張るみたいにお父さんは言う。だらしなく寝っ転がった姿勢では、威厳も何もあったもんじゃないけど。

ちなみに私達の姓は、矢島《やじま》という。

「フーテンって何よ？」

「おまえなあ、フーテンの寅さんも知らんのか。男はつらいんだぞ」

「だからフーテンって？」

「辞書で引くとな、なんだか難しい、恐ろしげな漢字が出てくる。意味も、精神病の人、みたいなのが出てくる」

「えー」

「安心しなさい。俺のはそっちじゃないから。もう一つ意味があってな、無職で方々ほっつき歩いている人、みたいなやつが。寅さんもそっちだな」

「それもあんま、安心できなくない？」

「だからさ、そういう状態から俺をまともな方に引っ張ってくれたのが、お母さんってわけ。俺一人だったら、糸の切れた凧みたいに、風の向くまま、どっかに飛んでっちゃって、帰ってこないからなあ……畳の上じゃ死ねない感じでさ」

「あー、すごくよくわかるわー」

「だろ？　でな、フーテンの漢字の話なんだけど、辞書で引いたらもう一つ、風の天で風天ってのが出てくんのよ。何か色々説明書いてあったけどさ、インドじゃあ、風の神様のことなんだってさ。何かカッコ良くね？　だから俺、こっちのフーテンで行こうって思ったね。風の向くまま気の向くままってさ」

まさに「のんきな父さん」ってやつだ。

私は父のこういうテキトーなところにけっこう癒される。何でもかんでもきっちりしたい派の母と、確かにこれはこれでいい夫婦なのかもしれない。

とにかく私はその父から、恐るべき〈フーテンの血〉を受け継いでしまったものらしい。

私が休学しようと思ったのは、やりたいことがいっぱいあったからだった。南の島で六十年に一度の天文ショーがあったり、東北のとある村で十年に一度開催されるお祭りがあったり、とにかく今しか体験できないことを片っ端からやってみたかった。中国でパンダの赤ちゃんを抱っこしたかったし、タイで象に乗ったりもしたかった。大学に入ってからバイトに明け暮れていたのは、すべてその為だ。準備はすべて整った。ならば、ゴーサインは出たも同じだ。

「そんな物見遊山のために大学を中退しちゃうの？」と母は呆れ返っていた。

物見遊山じゃないよ、と私は反論する。

私には夢があった。だって他人と同じことをして、何が楽しい？　私は、人がなかなか行けないところに行き、なかなかできない体験をして、それを文章にしてたくさんの人に読んでもらいたいのだ。そのために、英語だけは頑張ってきたし、本もたくさん読んで文章力も磨いてきた。なのにそれを言ったら、

「フリーターになりたいだなんて、あんたをそんな不良に育てた覚えはありません」と嘆かれてしまった。

「フリーターじゃなくって、フリーライター」と訂正したけど、母には似たようなものだったらしい。

それに大学だって、別に卒業を諦めたわけじゃなかった。萌木女学園は無くなってしまうけど、ならばそれまでの単位を認めてくれる他の大学に編入すればいいだけじゃないか？　学費はまた、一生懸命バイトすればいいのだ。

「……あんたそんな……簡単に考えすぎ。そんなに思いどおりに行くもんですか。それに女の子一人でそんなあちこち遠くまで……何かあったらどうするのよ。世界中であんたみたいに考え無しの女の子が殺されてるじゃないの」

などなどと、延々食い下がられたものの、柳に風と受け流し続けた。父のやんわりとした加勢もあって、終《しま》いには母が折れた。

「わかったわよ。好きにすればいいでしょ。だけど最終的には、私がこの手で真人間に戻して

上げるからね」

という、実に母らしいセリフと共に。

「……うちの爪娘が好き勝手やれるのも、お母さんが糸の端をしっかり握っててくれるからだよね」と父は言っていた。

そんなわけで結果としては、実に平和的に（？）人生の中でもこの上なく貴重だと思える時間を過ごすことができた。両親には感謝している。

学校に戻り、他大学編入のことを学生課に相談に行ったら、後で角田理事長直々に呼び出された。

「このままでは卒業できないから、他大学の編入を考えているということですが」

「ええまあ……」

休学前に散々引き留められていただけに、さすがにちょっときまりが悪い。

理事長はふうと大きなため息をついた。

「しかし、四年生の編入なんて取ってる大学はないでしょう。三年生からのやり直しになって、時間とお金の無駄ではありませんか？」

「それは、まあ、そうなんですが……学費の方はバイトでなんとかするつもりです」

「編入でも入学金は新たにかかりますから、バイトで貯めるのは大変そうですね」

「自分で決めたことですし、覚悟の上です」

胸を張って言い切ったら、角田理事長はにこりと笑った。

「今回お呼びしたのはですね、実は一つ、矢島さんに提案がありまして……」

と話し始めたのは他でもない、特別補講の件であった。落ちこぼれの卒業保留組を集めて、大学の寮で集団生活をさせつつ補講を行うという、おそらく前代未聞のプロジェクトである。


「――ふーん、なんか、合宿免許みたいじゃね？」

私の話に、ケンちゃんは興味深そうに言った。

もっとも彼は、大抵の話はいつもすごく面白そうに聞いてくれる。それでついついこっちも余計なことまでしゃべってしまったり。天性の聞き上手なのだ。

彼とはタウン誌でバイトをしていた時に知り合った。写真を撮っているかと思えば記事も書くし、ちょこっとしたイラストも引き受けたり、広告を取ってきたりと色んな仕事を器用にこなしていたので、彼もまた、実は一介のアルバイトなのだと知った時には驚いた。世界中あちこちに貧乏旅行をしていて、話は面白いし、やたらと人なつっこいけど馴れ馴れしくはない。すぐに意気投合し、今は一応、彼氏的立場にいる人である。ただ、この人とは結婚とかはないなあと思う。だって私達、似すぎているもの。彼にもまた、間違いなくフーテンの血が流れている。糸の切れた凧族なのだ。

「……面白そうじゃん」

とケンちゃんは、心底面白そうに言った。

「えー、そうかなあ。私、集団生活とか、団体行動とかって、死ぬほど苦手なんですけど。半年も閉じ込められるとか、刑務所じゃん。考えただけでも、窒息しそう」

私の言葉に「まあなあ」と笑いつつ、「でもさでもさ」とケンちゃんは言った。「刑務所だってさ、潜入取材と考えりゃ、結構楽しそうだと思うんだよね」

「えー、マジっすか」

この人、ほんとに楽しみそうで怖いぞと思う。

「だってさ、そんな話、聞いたことないじゃん。廃校になる予定の学校を、単位が取れなかった女子大生達が延命させるなんて、面白過ぎじゃん。スクールアイドルとかやんなくてもさ、この手があったかー、みたいな」

「アニメの話っすか」

「いやいや、だからさ、せっかくそんな珍しい経験をさせてくれるっつんだから、乗っかってみるのも面白いんじゃねって話。夏鈴もさ、フリーライター目指してるんなら、いつかネタにするつもりで、体を張って取材しなくてどうすんだよ」

ふむ、と思う。言われてみたら、そうかもしれない。単位が取れなかった子たちにも、色んな事情や理由があるんだろうし。一人一人と仲良くなって、インタビューとかしちゃったりして。

少々不謹慎ながら、確かにケンちゃんの言うとおり、ネタとして面白い気がしてきた。

「そっかー、じゃ、入っちゃおうかなあ、女子寮に。親からも絶賛勧められてるし。でもさあ、ケンちゃん。私と会えなくなるよー。いいの？」

冗談っぽく言ってみたら、ケンちゃんはどんと胸を叩いた。

「大丈夫。夏鈴に会いたくなったら、俺も潜入すっから」

歯を見せてにかっと笑う。密かにきゅんとしつつ、私も笑った。

「オッケー、なるべく捕まらないようにね」

彼氏としてなら、ほんと、いい人なんだけどなあ……。いかんせん、私もお父さん同様、できれば最後は畳の上で死にたい派だからなあ……。つくづく、残念。

ともあれ、そういう理由で私は萌木寮に入ることを決めた。

ところが、事前説明会の段階で、早くも「ううむ、これは……」と唸りたくなってしまった。集まった女学生達は揃いも揃って、なんだかどんよりしていた。覇気が無いって言うのかなあ……眼が死んでるって言うのかなあ……、仲良くなりたいって思える人が、あんまりいない。見るからに、拒食症入院一歩手前みたいな人とか。逆にぶっくぶくに太ってる子とか。説明も聞かずに居眠りしている子もちらほら。何で単位が取れなかったのか、わざわざ聞くまでもない感じ。事情を聞くのもはばかられる感じ。だって絶対、面白い話なんて出てきっこないよ、あの人達からは。

〈取材〉に向けて上がっていたテンションが墜落するみたいに下がっていく中、私はふと一人の女の子に目をつけた。

質疑応答の際、彼女は唯一まともに「質疑」を行っている。資料を読んで、私もぼんやり疑問に思っていたようなことを、的確に言語化し、テキパキと聞いてくれる。委員会とか、生徒会とかにいそうなタイプだ。斜め前に座っていたので、じっくり観察できたのだが、トラッドできちんと感溢れるファッションに、このまま就活できそうな黒髪清楚なヘアスタイル、はきはきとして頭の良さそうなしゃべり方、と実に好感度の高い優等生そのものである。

——なんだってこんな人が、今、この場にいるんだろう？

当然の疑問として、そう思う。

私達の代で閉校というよんどころない事情から、卒業に関して、大学側は大サービスの大甘だった。テストの結果が多少残念なくらいじゃ、単位を落とした人はいないと思われる。それにあの子は絶対馬鹿ではない。あの立ち居振る舞い、質問の仕方を見ていてもわかる。

では、心身いずれか、あるいは両方に問題があって休みがちだったか。でなきゃ、ただの怠け者か。もしくは、集団からすぐにはみ出す、フーテンの一族か……私みたいな。

だけど彼女を見る限り、どうもそのいずれでもなさそうなのだ。

だってあまりにも、意欲に充ち満ちている。こんなどんよりした集まりの中で、一人だけ、明らかにやる気が違うのがわかる。そして見るからに、健康そうだ。場をわきまえた落ち着きと、潑剌《はつらつ》とした健康美を、ナチュラルに両立させている。間違いなく、集団からはみ出すどころか、有象無象《うぞうむぞう》を統率していくタイプだ。しかも全然お高くとまっていない。すごく気さくで、朗らかな感じ。

なんだってこんな人が……と最初の疑問に立ち返り、そして決めた。

——どうせなら、あの子を取材してみよう、と。

2

わかってはいたし、覚悟もしていたつもりだけど、こりゃまたえらいところに放り込まれちゃったなあ、と思った。

うっそうとした木々の中に、萌木寮はあった。元は真っ白な建物だったのだろうが、今は全体にねずみ色な感じで、屋根も外壁も所々苔むしている。その中を徘徊する、生気の無い女の子たちと、老人たちと(理事長はもちろん、寮母を務める奥様も、講師の先生方も、ほとんど皆かなりのご高齢なのだ)。

まるでゾンビの館だ。

しかも思っていた以上に禁止事項だの決まり事だのが多い。どうやら理事長は、私達を徹底的に外の世界から切り離し、一日中見張っているつもりらしい。恐るべき管理社会《デストピア》だ。辟易《へきえき》して、「まるで女の刑務所だー」と叫んだら、周囲の人たちに苦笑いされた。オタクっぽい子がうんうんとうなずいていたから、まあ、思うことは皆、似たり寄ったりなのだろう。一昔前の寄宿舎じゃあるまいし、現代っ子にはなかなか酷な環境だ。

とにかくネットも駄目、スマホも駄目には驚いた。外部との通信手段は葉書のみって、なにそれ昭和か。もちろん校内に郵便ポストなんてない。誰かに頼まざるを得ないわけだから、要するに検閲する気満々なのである。

どうやら卒業保留組に、基本的人権はなさそうだ。どうしてここまで信用がない。何をしたんだ、みんな……って、私が言えた立場でもないけれど。

ただ、特別何をしたというより、「何もしていない」のが問題だった子の方が多そうだった。要するに、学校に行っていない、講義を受けていない、レポートを出していない、挙げ句の果てには試験すら受けていない……そんな感じだ。

だから余計、あの子のことが気になるのだ。

説明会の日に目をつけた彼女は、喜多川菜々子《きたがわななこ》という。何だか女優みたいな響きの名前だ。そしてなんと彼女は、私と同室だった。それを知ったとき、何となく納得した。ゾンビに囲まれた、生きてる人間二人、なんて言ったら言い過ぎだろうか。

それはさておき、私にとっては、願ったり叶ったりの展開である。

菜々子は最初の印象通り、きわめて気さくな女の子だった。

「良かったわよねえ、私達。そりゃ、学歴がすべてじゃないけれど、どうしたって大卒じゃなきゃなれない仕事、とれない資格があるでしょう？　望む未来を選択するための、パスポートみたいなものよね」などと、自分から朗らかに話しかけてきた。

彼女の言うことは、確かにその通りだった。日本から一歩も出ないなら、パスポートなんて必要ない。けれど、世界をこの目で見てみたいと願うなら、途端にそれは必要不可欠なものとなる。

「――だから、今回のことはすごくありがたかったわ。角田理事長に感謝よね」

見渡す限り、〈今回のこと〉をこれほどありがたがっているのは、菜々子一人である。他の連中は（私も含めて）、不平不満数知れず、嫌々、無理矢理やらされている感が満載だ。そんなだから卒業できなかったんだよと言いたくなるが、これまた私も人のことは言えない。

角田理事長は散々、私達落ちこぼれの存在を、遺憾だの、迷惑極まりないだのとうそぶいていた。けれどそんな言葉とは裏腹に、自らの学校の学生を、責任を持って最後まで面倒を見てくれるつもりなのは確かだろう。なかなかできることじゃないとは思う……よく考えると。親の心、子知らず。学長の心、学生に伝わらず。そうか、もっと全力でありがたがるべきだったのだな。

菜々子のこの言葉を、角田理事長に聞かせてやりたいものだと思った。

ともあれ、相手がこれほどの人格者で、かつ友好的なら、仲良くなるのは雑作《ぞうさ》もないだろう。人から話を聞き出すにはまず自分からと、休学していた理由と、休学中のあれやこれやを面白おかしく話してみた。菜々子はすごく聞き上手で、驚いたり、声を立てて笑ったり、本当に楽しそうに聞いてくれる。だからついついぺらぺらと余計なこともしゃべってから、さあ、あなたの番よとばかりに聞いてみた。

「で、菜々ちゃんは？　やっぱり休学だよね？」

この人が、遅刻を重ねたり、だらだらさぼったり、なんて光景は想像しにくい。案の定、「まあね」とうなずいたので、ストレートに聞いた。

「どうして休学したの？」

私みたいなフーテンの一族でもないかぎり、何かよほどの理由があるはずだった。

「ああ、それはね」にっこり笑って菜々子は言った。「ごめんねー、内緒なの」

それはまさに、〈人を不快にさせない断り方〉の見本にしたいような、見事な返しだった。そっかー、内緒なら仕方ないな、と素直に思っちゃうくらい、魅力的な笑顔に仕種《しぐさ》に口調だったのだ。

これは思ったより手強いぞ、と思う。

コミュニケーション能力の高さには、わりと自信があったのに。

おそらく菜々子という人は、個人的な打ち明け話を誰彼なく口にするような、迂闊《うかつ》な人間じゃないんだろう。そうした話をしてもらうには、きっと時間だの親密度だのが全然足りていないのだ。

ルームメイトとして、菜々子は文句のつけようがなかった。普段は明るくはきはきしているけれど、私室ではいたって物静かだし、気遣いはできるし、寛容だ……こちらが申し訳なくなるくらい。私がだらしなく脱ぎ捨てたパーカーなんかも、気がつくときちんと畳まれて椅子の上に置かれていたりする。自分が喉が渇いたとき、決まって私にも一緒にお茶を持って来ようかと声をかけてくれる。掃除も気がついたら終わっていて、私達の部屋にはいつもちり一つない。私が男なら、こんな子をお嫁さんにしたいと思う。

しかも、おそらく萌木寮でただ一人と思われる体育会系だ。持ち込み荷物の中に竹刀があって、何事かと思ったら、剣道の有段者なのであった。何でも高校ではインターハイに行ったことがあるというのだから半端じゃない。そして今でも毎朝、一人早起きして外で素振りやらランニングやらをしているらしい。らしい、というのも、実際に見たことはないのだ。私が目覚めたときには、シャワー済みで石鹸のいい香りを漂わせながら「おはよう」と言ってくるので、「毎朝シャワーっすか。女子力高いねー」と言ったら、「いやいや、汗臭いから」と返され、よくよく聞いてみたらそういうことであった。

大学に入ってからは道場に通っていないとのことだが、「早朝トレーニングは長年の習慣でやめられなくて」と爽やかに笑う。

そして夜の自由時間には、ひたすら机に向かっている。何かの資格取得のための勉強だそうだ。もはや、あまりに眩しくて正視できないような、折り目正しさ、勤勉さである。

しかもすごく性格がいいのだ。誰に対しても優しく朗らかで、困っている人を放っておけない。講師のおじいちゃん先生が授業中に咳き込めば、飛んで行って背中をさすり、水を汲んできてあげる。散歩中に倒れた学生がいたら、即座に校医の先生を呼びに駆けだしていく。まるで聖母のごとき慈愛の人で、しかも行動力が伴っている。瞬時に最善の判断を下し、誰にも真似できないスピードで実行するのだ。頭の回転がとてつもなく速いのだろう。

実際、講義を受ける日々の中で、菜々子の優秀さに感心することは多かった。彼女が発した的確な質問のおかげで、ようやく講義の趣旨が呑み込めたことも一度や二度ではない。

この人、ほんとに頭がいい。品も良ければ性格もいい。運動神経もいい。その上、顔立ちも整っている。まさにパーフェクト超人だ。いったいどうやったらこんないい子が育つのか、菜々子の親御さんにはぜひその秘訣について取材したいくらいだ。

しかし、である。

その完全無欠な素晴らしい菜々子が、落ちこぼれに訳ありの、残念集団の中の一人として今、ここにいる。

心底、不思議で仕方がない。疑問は解消されることはなく、彼女を知るにつれ、日々、膨れ上がるばっかりだ。しかし当然ながら、当人が口を閉ざしている以上、現状では何も知る術《すべ》はない。

不思議に思っているのは私だけではないらしく、ちょっとオタクっぽい子から尋ねられたことがあった。

『あの子、あんなちゃんとしてるのに、何で卒業できなかったの？』と。

この子は金剛真実という名で、最初、私が突撃取材して、今ここにいる理由を尋ねたときには、『んー、なんか、朝、起きれなくって……』などとごにょごにょ言葉を濁していた。

後日、その主な原因をうっすら知ることになる。

夜、食堂の一角で、何やら一心不乱にノートに向かう真実を見つけて、何だろうと近づいてみた。彼女は私の接近にはまったく気づかず、小声でぶつぶつつぶやいている。

『……んー、角田理事長攻め、はないな……あの先生、チビだし。禿《は》げだし……まあ、禿げは関係ないか。だけどなー、湯本先生もどっちかって言えば受けなんだけど、でも背は高いしな……身長差は大事よね。でもなー、厳しいなあー。ビジュアル的に、萌えないにもほどがあるよなー』

意味不明なことを口走りつつ、ノートに何か書き込んでいるので、『何やってるの？』と聞いたら、こっちがびっくりするような悲鳴を上げられた。『ええ、いや、これはその……別に私、枯れ専ってわけじゃないんだから。ちょっと、何て言うか、軽い復讐だから。でもほとんどくじけかけてるんだから』などなどと、早口に弁解めいたことを口にするのだが、その内容は支離滅裂だ。

『え、なにそれなにそれ、よくわかんないけど面白そう』と突っ込んで聞いたら、だいぶ経ってから、最初はしぶしぶ、そのうちちょっと嬉しげに話してくれた。

どうやら彼女は、ボーイズ・ラブ（略してＢＬ）というジャンルの小説を書くことが趣味であるらしい。そして過日、角田理事長との間に何かがあり、それを根に持った真実は、軽い意趣返しとして、理事長と校医とをカップリングした小説を書こうと画策中、ということらしかったのだが……。

そもそもそれはＢＬなのか、爺ちゃんラブ、あるいはグランパ・ラブで、略してＧＬでいいのじゃないかと私が言えば、真実は、いやいやそれじゃ、ガールズ・ラブと間違えられてしまうから駄目なのだ、昨今のＢＬは人間である必要はなく、何なら生物である必要さえないのだから、年齢なんてものは些末なことなのだと力説する。なかなか奥深く、興味深い世界だ。

ともあれ彼女のこの趣味が、〈朝、起きれなくて〉の主な原因であったらしい。夜中の方が、〈筆が乗る〉んだとか。

この後、真実は時々向こうから話しかけてくるようになった。何でも、同室の子が極端に無口だとかで、会話に飢えていたらしい。真実曰《いわ》く、『会話が成立しない』レベルだそうで、確かに私も一度突撃取材を試みたものの、赤くなって口をぱくぱくしているばかりで、「あなたは金魚ですか？」と言いたいような有様だった。

『いいなあ、そっちはリア充部屋で。主人公の部屋って感じ』などと真実は言う。

『朝夕コンビの部屋も、わりと楽しそうにしゃべってるよね』と返すと、にやっと笑って、

『あの百合《ゆり》部屋もいいよね』と言う。そしてつけ加えた。『でもさ、夕美ちゃんはすっごくきれいだけど、主人公じゃないいんだよね。病弱美少女ポジで、アニメとかならすっごく人気出るだろうけど、主人公になったり、主人公とくっついたりはしないよね、ああいうタイプは。その点、喜多川さんは、圧倒的な主人公オーラだよね。完璧超人で、まさにプリマドンナって感じ。舞台の真ん中で、スポットライト浴びてる感じ』

『言わんとすることは、まあわかるけどね』

私がうなずくと、真実は慌てたように付け加えた。

『あ、矢島さんだって、充分主人公キャラだよ。面白いし』

別にフォローしなくても、と思いつつ、『コメディ専門ね』と笑って返すと、真実はいやいやと首を振り、『喜多川さんと二人で、百合もいけるかも。ヤジ喜多か……いや、喜多ヤジもありかも』などと真顔で言っている。どうにも筋金入りだ。

入寮数ヵ月が経った頃に、その真実に聞かれたのだ。

「ねーねー、委員長ちゃんってさー」と、いきなり話しかけられ、「え？」と首を傾《かし》げたら、相手は少し怯《ひる》んだように、「あ、喜多川さんのことだよー、あの人、すっごい委員長っぽいでしょ」と言う。

「ああ、ぽいね」とうなずいたら、真実は嬉しげに、にやっと笑って聞いてきた。

「あの子、あんなちゃんとしてるのに、何で卒業できなかったの？」と。

やはり皆、疑問に思うことは同じらしい。

「ああ、それね、謎だよね……私も知りたいんだけどね、教えてくれないんだよ」と事実を告げる。真実はふうんと首を傾げた。

「病気とか怪我って感じでもないしね。あとさー、あの子、たまに授業休んでるよね？　あれ、なんなの？　私なんて、すっごい頭が痛くて、泣きそうに辛かったときにも、部屋で寝かせてもらえなかったんだよ？　あの理事長がさ、それなら長椅子を持ってくるから、寝ながら授業受ければいいなんて言うんだよ、もう信じられない鬼だよね。この待遇の差は何なの？　不公平過ぎない？　やっぱり日頃の行い？」

憤然と言われ、「あー、それね……」と曖昧にうなずく。

それもまた、私も知りたいことだった。

菜々子は大体月に一度か二度、外出をしているのだ。

大体は半日ほどで戻ってくる。だが、一度などは夕食後に角田理事長に呼び出され、そのまま戻ってこなかったことがあった。その時には翌日の昼、いつの間にか戻ってすまして昼食を摂っていた。

『どこに行っていたの？』と尋ねても、にっこり笑って『ごめんね。内緒』である。

そもそもの前提条件として、私達は外泊はおろか、ちょっとした外出も禁止されているのだ。なのに菜々子だけは、理事長公認でそれを許可されている。確かに真実の言うとおり、不公平だ。

菜々子の最初の外出後、私は理事長から呼び出され、個人のプライバシーに関わることだから他言無用の事と釘を刺されている。だから他の子は、授業に出ない菜々子のことを、体調不良か何かで部屋に籠っているだけだと思っているはずだ。しかし真実の言葉によれば、それさえなかなか認めてもらえないという。不公平だとしか言いようがない。

その上、すました顔で授業に戻った菜々子は、どう見ても、いつも通りに元気潑剌だ。いや、ともすると、いつも以上に元気でにこやかだ。

ともあれ、菜々子には何か秘密がある。そして少なくとも理事長は、それを知っている。

もはやライター志望だとか取材云々とは無関係に、私は純然たる好奇心ではち切れそうになっていた。

3

かく言う私にも、実はちょっとした秘密があった。

毎週金曜日の夜、十時前に私は散歩と称して部屋を出る。懐中電灯を手に、林の奥へと向かうのだ。

少し歩いたところで、チカチカと、合図の点滅がある。そこに、ケンちゃんが待っていた。やっぱり半年も会えないのはキツいよねとケンちゃんが言い出し、私も大いに同意した。それで入寮前に付近の地理を調べておき、落ち合う場所と時間を決めておいたのだ。私は決められた範囲からは出ていないから、規定違反ではない、と思う。その場で小一時間ほど、近況を報告し合ったり、軽くいちゃいちゃしたり、息が詰まるような寮生活の中の貴重な一時だ。

けれどその日、ケンちゃんにはなぜか連れがいた。同年代か、ちょっと下くらいに見える男の子だ。ケンちゃんは細マッチョだけど、新参の男の子はひょろいモヤシである。懐中電灯の光の中に浮かび上がったのは、男らしいというよりは、かわいい系の顔立ちだ。

「え、誰よ？」

びっくりして尋ねたら、「いや、それがさ」とケンちゃんが面白そうに話し出した。

萌木女学園は女子大だけに、不審者が容易に侵入できないよう、厳重に塀で囲まれている。ただ、広大な敷地の一角は竹林になっていて、その部分と一般道とは金網によって仕切られている。道路からはかなりの急勾配で上っていく地形なので、土止めのコンクリの上に塀を建てるのは（技術的だか安全上だかの理由で）難しかったのだろう。

ケンちゃんは運動神経もいいし、山に登ったりもするので、そこからの侵入は何てことないと言っていた。今夜もいつものように闇に乗じてさっさと忍び込もうとしたら、このモヤシ君が金網越えの時点で悪戦苦闘していたらしい。

「そんで、とっつかまえて話を聞いたら、こいつも好きな子に会いに来たっていうじゃん。そんなら仲間だなって意気投合してさ、ここまで連れてきてやったんだよ。やー、苦労した、な？」

モヤシ君はこくこくうなずく。

「えー、マジっすか。で、その好きな子って誰よ」

そこが一番肝心だ。すると答えたのは、モヤシ君ではなくケンちゃんだった。

「えーっと、ナナコちゃんだっけ？　夏鈴さ、ちょびっとだけさ、ここに呼んできてやんなよ」

「ええっ、ひょっとして、喜多川菜々子？」

驚いて大声を出したら、モヤシ君はびくっとしてからまたうなずく。

「お願いします。俺、菜々ちゃんにプロポーズしにきたんです」

「プロポーズ！」

また大声が出てしまい、慌てて自分の口を塞ぐ。まさか寮までは聞こえないとは思うものの、夜中の声は思いの外響くものだ。

「え、なに、あんた菜々子の彼氏なの？」

小声でそう尋ねたら、モヤシ君は何とも面映《おもは》ゆげな顔をした。

「えと、彼氏ってか、許婚《いいなずけ》です。ただ、親が決めたって言うか、そんな感じで、えと、だから、自分の口からちゃんと言いたいっていうか、その……今はまだ学生だし、養えないけど、いずれ親の会社に入るわけだし、ちゃんと約束って言うか、あらためて婚約してもらえたらなって……できるだけ早く、三人で暮らせたらって」

彼のもじもじぐだぐだした話しぶりに若干苛立ちつつ、辛抱強く聞いていたのだが、最後で思わず「え？」と声が出ていた。

「ちょっと待って。三人って、誰よ？」

「えと、菜々ちゃんと、僕と、ヒトミと」

一瞬、一人称は俺じゃなかったのかよと思ったが、突っ込み所はそこじゃない。

「ヒトミって誰よ？」

女だよな？　苗字の人見さんとかってことじゃないよな？　だけど、もしそうだったとしても……。

修羅場の匂いしかしない。

だが、返ってきた答えは、咄嗟《とっさ》に脳裏に描いたあらぬ妄想など、瞬時に消し飛んでしまうようなものだった。

「えと、ヒトミちゃんは僕らの子供です……生後六ヵ月」

「子供！　六ヵ月って……赤ちゃん？」

裏返った声で聞き返しつつ、そうだったのかと納得していた。

そうか、そうだったのか……。

色んな事が、一気に腑に落ちた。

菜々子が休学したのは、妊娠出産のため。ただ一人、外出を許されているのは、赤ちゃんに会うため。

そりゃ、プライバシーもプライバシー、トップシークレットだ。菜々子のあの落ち着きと慈愛は、母親のそれだったのね。真実は菜々子のことをプリマドンナと呼んでいたけれど、そうじゃなかった。プリは余計だった。マドンナ——聖母の方だった。

こりゃまいったね。

思ってもいない方面から、謎が解けてしまった——唐突に、実にあっけなく。

意外と言えば意外だけど、得心がいったのも事実だ。あの菜々子なら、それほどの事態でもなければ単位を取り損ねたりはしなかっただろう、と。

だけど、と思う。何も悪いことをしているわけじゃなし、隠す必要もないのになあ……。二十二歳で母親になるなんて、別に特別なことでも何でもない。

ともあれ、そういうことならと、わくわくしながら寮の部屋にとって返した。何事かといぶかる菜々子の手を引いて、いいからいいから黙って付いていらっしゃいと先に立って歩いた。サプライズくらいのつもりで、わざと何も説明しなかった。

——そしてこの後、己の軽挙妄動を深く悔いることになる。

林の小道を曲がったところに、彼らはおとなしく待っていた。菜々子の姿を認めた瞬間、モヤシ君は感極まったように叫んだ。

「菜々ちゃん！　会いたかったよ」

ほとんど涙声である。うんうん、良かった良かったと振り返ると、菜々子の方は無表情で棒立ちだった。いや、相手が近づいてくるのを見て、数歩後ずさりをしている。

何かがおかしい。嫌な予感がする。

「菜々ちゃん、やっと会えた」モヤシ君はもはや半泣き状態で、いきなりその場にがばっと両手をついた。そして地面に額をこすりつけるようにしながら、哀願するように言った。「ずっと前から好きでした。年下で頼りない僕ですが、どうか結婚して下さい」

ストレートに言い切った。本来なら、なんて泥臭いのと苦笑しつつも、それなりに感動的なシーンのはずだった。だが、二人の間に流れる空気は、どうにも微妙である。

「……無理」

ごくごく小さな声で、菜々子は答えた。

「だって僕たち、許婚じゃないか」

モヤシ君はオロオロと顔を上げる。

「そんなの、子供の頃に親たちが冗談で言ってただけだし」

「僕は菜々ちゃんが好きなんだ」

「ごめんね。私にとってマモちゃんは、可愛い弟みたいなものなんだ」

その言葉に、モヤシ君はよろよろ立ち上がり、こちらへ近づいてきた。

「だけどっ、だけどっ、あのとき菜々ちゃん、そんなに抵抗しなかったって言うか、あれはむしろ誘ってたって言うかさ、もしさ、ほんとに嫌だったんなら、もっとちゃんと抵抗すれば良かったじゃないか。要するにさ、菜々ちゃんはさ、ほんとは僕のことを好きってことなんだよ。だから……」

聞くに堪えなくなって、私は渾身の力でモヤシ男の横っ面をひっぱたいた。よろけて後ろに転び、傍らで終始ぼうっと突っ立っていたケンちゃんにぶつかって、二人ともこけた。そのケンちゃんに向かって、私は吐き捨てるように言った。

「とんでもない奴を引っ張り込んでくれたわね。とっととこの、レイプ魔ストーカーを連れて、どっか行っちゃって。さあ、早く」

早口に言うなり、菜々子の手を握り、来た道を急ぎ足に戻った。

4

——最悪だ。最低だ。

きっと菜々子は、誰にも知られたくなかったんだろうに。

自分に腹が立って仕方がなかった。ついでにケンちゃんもひっぱたいてやれば良かったと思う。巻き添えを食って一緒に転んでいたけれど、別に申し訳ないとは思っていない。ケンちゃんだって私と同罪みたいなものだし。

私達の〈申し訳ない〉は、全力で菜々子に捧げるべきだ。

部屋に帰って私は、菜々子の足許に額をこすりつけて謝った。

ライター気取りで、取材とかほざいて、人の隠しておきたい事情まで知りたがった自分を、力いっぱいぶん殴りたい思いでいっぱいだった。

「ほんとに申し訳ありませんでした。その竹刀で、気の済むまで叩いてもらって結構です」

一生懸命、心の底からそう言ったら、「そんなこと言われても……」と困ったような声が降ってきた。そりゃそうだ。

「もちろん、そんなことで許されるとは思ってないです。他に私にできることがあったら、何でも言って下さい」

「じゃあ」と頭上の声は言った。「取り敢えず、頭を上げてくれる？　今日は二度も、土下座されちゃったわ。人生、そうそうないでしょうね、こんな日は。土下座記念日ね」

そのユーモラスな口調は、いつもとまるで変わりないように聞こえた。思わず顔を上げると、菜々子はにっこり笑って言った。

「私は大丈夫だから、もう気にしないで。気を遣わせちゃって、ごめんね」

背後から、後光が差しているんじゃないかと思った。

この人、本物の聖母だ。マザーテレサだ。天使そのものだ……。

その場に再度ひれ伏したい衝動に駆られている私の手を引き、菜々子はよいしょと私を立ち上がらせた。

「ねえねえ、見てみて」

鞄から一枚の写真を取り出し、私に示す。

病院らしき場所で、白衣の医師に抱っこされている赤ん坊の写真だった。写真を撮っているのが菜々子なのだろう、赤ちゃんは嬉しげにこちらを見て笑っている。

「私の愛、だよ」

いっそ神々しいような微笑と共に菜々子は言う。

「この子、ヒトミちゃんだっけ？　目のヒトミでいいの？」

「そうよ、産まれて最初に抱っこしたときにね、なんてきれいな瞳なんだろうって、感動しちゃって。ああ、私はこの子に会うために、今まで生きてきたんだなって思ったの。この子を精一杯育てるために、育児のサポート面が充実した職場で働きたいの。その為に、今は寂しいけど、大学をなんとしても卒業しておかなきゃね。だから角田理事長にも感謝。今、瞳《ひとみ》の面倒を見てくれてる母にも感謝」

「そう……なんだ」

圧倒されて言葉に詰まるなんて経験、初めてしたように思う。

それまでの、自分やモヤシやケンちゃんへの憤りだの、菜々子に申し訳なくて消えてしまいたいような思いだの、他にも何だか形容しがたいぐちゃぐちゃしたものが、瞬時に浄化されるようにして消えてしまった。

こんな、広大な海のような心の持ち主がいるなんて。

「夏鈴ちゃんも、色々、気遣ってくれてありがとうね」そう言ってから、菜々子は悪戯《いたずら》っぽい笑みを浮かべた。「あ、彼氏のことは、内緒にしておくね」

「あ、ありがとう」

口止めする気もなかったけれど、確かに学校側に知られたらまずいだろう。

「でも、気をつけないと警察を呼ばれちゃうよ」

心配そうに言われて苦笑する。

「ああ、ケンちゃんなら心配いらないよ。捕まるようなヘマはしないだろうし、もし、職務質問とかされても、何とかなっちゃうと思う……人の懐《ふところ》に飛び込むのがやたらうまいんだよね。うまいっていうか、あれはもう、天性のものみたい。すっごい偏屈そうなおじいちゃんとか、意地悪で有名な上司とかと、気がついたらゲラゲラ笑い合ってたりするんだもん。ああいうの、性格が才能って言うんだろうね」

「ああ、なんかわかる」菜々子はにこりと笑った。「人間として、魅力的なんでしょうね」

「いやー、それほどでも……」

照れ臭いけれども、悪い気はしない。〈人間として魅力的〉なのは菜々子もそうだと思うけれど、ケンちゃんとは別種のものだ。その違いを、上手く言葉にはできないけれど。

「私もね」ふいに、うっとりとした表情を浮かべて、菜々子が言い出した。「私も、そういう人を知っているわ。大人から、ほんの小さな子供まで、魅了されてしまうような人。その人といると、みんなが笑顔になってしまうの。いったいどういうふうに育ったら、そんな魅力的な人間ができあがるんでしょうね」

いやいや、それ、あなたが言いますか？　それいつも、私があなたに対して思っていることだよ……。

そう突っ込みかけて、ふと気づく。菜々子の頬はほんのり染まり、その瞳はきらきら輝いている……。

あっと思った。

「……もしかして、菜々ちゃんは、その人のことが好きなの？」

応えはなかったけれど、瞬時に真っ赤に染まった顔が、すべてを物語っていた。

おやおや？　あらあらまあまあ、なんて可愛いんでしょう。

おばちゃんのようにそんなことを思いつつ、これは突撃のチャンスだと気づく。菜々子の、シルクのように柔らかでいながら、鋼鉄のように完璧だったディフェンスが、今やティッシュよりもペラペラになっているのだから。

「え、え、いつ、どこで、どんな風に出会ったの？」

そういう基本は押さえておかないとね。わくわくしながらちょっと押しただけで、案の定、菜々子城はあっけなく陥落した。

「……あのね、大学二年の時の春休みにね……」

蚊の鳴くような声で、けれど明らかに少し嬉しげに話し始めたのは、なんともピュアな恋物語だった。

春の日の早朝、菜々子はいつものように近所でランニングをしていた。すると突然、背後から自転車で突進してきた男に、引きずり倒されてしまった。悪質な愉快犯らしく、男はゲラゲラ笑いながら走り去ったそうだ。衝撃と激痛にうずくまっていたら、犬の散歩で通りがかった人に声をかけられた。事情を話すと、すぐ近くの病院に人を呼びに行ってくれた。

そこは開業して一年ほどの、真新しい病院だった。二階が医師の住居になっているらしい。早朝、しかも休診日だったにもかかわらず、すぐに先生が駆けつけてきてくれた。パジャマの上に白衣をはおった姿だったという。

彼は菜々子を軽々と抱きかかえ、診察室に運ぶと、手早く応急処置をしてくれた。家族と警察にも連絡してくれ、最後に「外科は専門外だから、あとできちんと診てもらいなさい」と近くの信頼できる外科を紹介してくれた。

その時の怪我は、日常生活を送る分にはさほどの問題はないものだった。けれど、激しいスポーツは控えた方が良いとの診断で、足捌きが重要な剣道も、いったん辞めざるを得なくなってしまった。が、特に失望はしていなかった。

——そう、菜々子はあのとき出会った医師に、恋をしていたのだ。

「——お医者さんかあ……」むず痒いような思いで聞き終え、私はうきうきとコメントした。

「そりゃさ、だいぶ年上だろうし、ハードルはちょっと高いかもだけど、でも、菜々ちゃんなら……」

頑張れば両思いもいけるんじゃね、と続けかけたら、焦ったように遮られた。

「別に、どうこうなろうなんて思ってないし、なれないのよ。それは最初から、わかってたことよ」

「へ？　なんで？」

「だって、先生はご結婚されているのよ？　お子さんも二人、いらっしゃるみたいだし」

「ああ……それは……」

それでは菜々子の恋は、始まった途端に終わったわけだ。彼女の性格上、その先へなんて進めるはずもない。

「だから、ね。いいのよ。私にはもう、瞳がいるんだから。先生のことはね、ほんと、たまにお顔を見て、お声が聞けたら、それで充分幸せなの……」

いじらしすぎて、泣けてくる。

ともあれ、期せずして私は、あれだけ知りたいと思い続けてきた菜々子の秘密を知ることになった。それは一歩間違えば……と言うより普通ならば、菜々子を酷く傷つけ、その後同室の私達には、耐えがたいほどに気まずい日々が待っていたはずだ。

けれど実際には、その前と後とで、菜々子の態度は特に変わることはなかった。相変わらずの努力家で、いつも一生懸命で、私にも、他の誰に対しても優しい気遣いを忘れない。皆、口には出さずとも、菜々子に対しては一定の信頼と尊敬の念を抱いているのがわかる。もちろん、私も。

なんてすごい子なんだろうと思う。だけど同時に、ごくごく小さいささくれのように、何かがちりちりイライラと引っかかる。

だってさ、あんまりにもあり得ない聖人っぷりなんだもの。菜々子、あんたほんとにそれでいいの、と両肩をつかんで問い質したい気さえする。

そりゃあね。私ごときのちっちゃい柄杓《ひしゃく》じゃ、菜々子という滾々《こんこん》と湧き出す泉を汲んでも汲んでも汲みきれないのは、当たり前と言えば当たり前なんだけど……。

ああ、これってきっとアレね。燕雀安《いずく》んぞ鴻鵠《こうこく》の志を知らんやってやつね。大昔の人も、キツいこと言うよなあ……。

などと、どこか腑に落ちないような、雀のように落ち着かないような日々を過ごすうち、次の金曜日がやって来た。

前回はあの出来事のせいで、ろくに二人でしゃべれなかった。別れ際も酷かったし。ケンちゃん、怒ってるかな？　いやいや、あれで怒る人じゃないよななどと思い、菜々子のこともあって一週間が長かった。このご時世で、電話もメールもできないのは酷すぎる。

ほっとしたことに、ケンちゃんは待ち合わせの場所にちゃんといた。もちろん、彼一人で、余計なオマケはついていない。

開口一番、彼はにこにこ顔で、ぎょっとするようなことを言った。

「こないださ、あの後実は、マモルと二人で呑んだんよ」

「マモルってまさか、あのモヤシ男？　なんで？」

確か菜々子から、〈マモちゃん〉と呼ばれていた。

「いやさあ、あいつ、菜々ちゃんは絶対自分の事を好きなはずだとか、ずうっと寝言をほざいてるからさ、いっちょ説教したろって思ってさ。駅前の居酒屋に連れてったんだよ」

「ふーん、それで？」

「あいつはなー、基本は気のいいぼんぼんなんだよ。育ちが良くって、品が良くって、頭も別に悪くない。いや実際、一緒に呑んでみると結構いいやつでさ。可愛げがあるって言うか……」

「ちょっと待ってよ。ほんとにいいやつが、ああいうことする？」

「それね……」とケンちゃんは顔をしかめる。「まさに、魔が差したってやつっぽいよな。もともと、親同士が仲が良くて、小さい頃から菜々子さんのことが大好きだったんだと。大きくなったら菜々ちゃんをお嫁にもらうんだと宣言してて、親たちも『あら、それもいいわねえ』って言ってて。もちろんさ、大まじめに考えてたのはマモル一人だけだったんだろうけどさ。親同士も、こうなってしまった以上は、結婚させた方が……って空気らしいんだけど、菜々子さんは拒否ってて」

「あたりまえでしょ」

「でもなあ……。マモルの言うことも、ちょっとだけわかるっていうか。だってそれなら、そもそもさ、どうして子供をどうにかしなかったんだって思うじゃん？」

「あの子に中絶なんてできるわけないでしょ。愛と正義感の固まりみたいな人よ」

「いやでもさ、よくわかんないけど、〈事故〉だか〈事件〉だかがあった後で、すぐに産婦人科に駆け込んだら、かなりの確率で妊娠は避けられるんだろう？　それなら、せっかく授かった命を殺すってことにはならないじゃん。なんでそれをやんなかったのかなあ、と」

うらむ、と思う。

これが未成年なら、親にも相談できないままずるずると……なんてケースはいくらでもあるだろう。だが、菜々子はもういい大人なのだ。

「その辺はね……しばらく一緒に暮らしてる私にも、あの子のことはちょっと計り知れないって言うかさ……」

途端に我ながら、歯切れが悪くなってくる。

そもそもを言うなら、その〈事件〉の際、(マモルの言葉を信じるなら)必死の抵抗というほどのものは行われていないようである。いや、むしろ……。

『――そんなに抵抗しなかったって言うか、あれはむしろ誘ってたって言うかさ、もしさ、ほんとに嫌だったんなら、もっとちゃんと抵抗すれば良かったじゃないか』

聞いた瞬間、最低最悪な言い種だと思ったし、事実その通りでもあるのだが……。

あの場で私が速攻〈モヤシ〉とあだ名した通り、マモルはひょろくて細くて、まるで女の子みたいな体格だった。私がちょっとはたいたくらいで、ぶっ飛んでいくような。

あれなら本気を出せば、私でも勝てる気がする。まして、剣道の有段者で、毎日トレーニングを欠かさないような人なら。たとえ女性で、竹刀を持っていなくとも、あんなモヤシに負けっこないんじゃないだろうか?

いや、もちろん、私は菜々子の味方である。到底許されるべきでないことを、マモルはしているのだから。

だけど、どうにも何かが引っかかる……。

喉に刺さった小骨のように気になって仕方がないので、私はケンちゃんに小さなお願い事を一つ、頼んでおいた。念のための、おまじないみたいなものだ。


数日後、角田理事長から声をかけられた。

「矢島さん、あなたに郵便物が届いていますよ」と渡された葉書はもちろん、ケンちゃんからのものだ。理事長がすべて目を通すであろう事は承知の上で、当たり障りない内容の中に、求めるワードを入れてもらうようにしていた。設定としては、〈近所に新しくできた病院について〉だ。

ちらりと目を通し、私はごく何でもなさそうに装いながら、理事長に尋ねた。

「ありがとうございます……ところで」と私は声をひそめた。「菜々子は……喜多川さんは、赤ちゃんが病気の時には必ず駆けつけることを条件に、ここに来ているんですよね？」

はったりだったけれど、それはおそらく正しい。

特別に与えられた休日に、プリマドンナは愛しの我が子に会いに行っている……それは確かだろう。だが、その曜日や時刻、頻度には何も規則性はない。突発的に外部から理事長に連絡が入り、それを受けての外出であるのはほぼ明らかだ。

生後六ヵ月前後の乳児なら、考えられるのは風邪だのハシカだのといった病気がらみだろう。

そして、その推測は当たっていたものらしい。理事長は、一瞬おやという顔をし、それからにっこり笑った。

「あなた方は、そんなプライベートな話をできるまでになっていたんですね。それで、なぜいきなりその話を？」

「あ、いえ……もし、身内に何かあったら、私も一時外出ができるのかなって」

「それは無論ですよ。場合によっては、私か、湯本先生が同行して、ちゃんと送り届けますから、心配無用です」

「あはは、そうですよねー。安心しました」

ひらひら葉書を振りながら、私は踵《きびす》を返した。

——いつだったか、菜々子は言っていた。大学卒業の肩書は、自分がなりたい職に就くための、パスポートみたいなものだと。今、彼女はそれを取得するために、日々、真摯に努力している。

その菜々子は、こうも言っていた。好きな人について、『ほんと、たまにお顔を見て、お声が聞けたら、それで充分幸せなの……』と。

それは実にいじらしく、ささやかで、罪のない純粋な願いだ。

だけど、もし……。

その切なる願いを叶えるために。好きな人に会うために、特別なパスポートが必要だったとしたら？

もちろん、あらゆる努力を惜しまない菜々子のことだ。なんとしても、それを取得しようとするだろう。たとえそれが、どれほど困難な手段だったとしても。

私がケンちゃんに依頼したのは、菜々子の好きな人について調べることだった。彼女が道で不審者から暴行を受けたとき、駆けつけて診察してくれたお医者様について。菜々子が恋するその医師についての、ごくごく基本的な、ある情報が欲しかったのだ。

ケンちゃんは、マモルとアドレス交換をしておいたから、たぶんわかるよと請け合ってくれた。

その言葉どおり、私の疑問の答えが今、手の中にある。

他愛ない近況報告の後で、ケンちゃんはこう書いていた。

「――そうそう、最近、近所に新しく病院ができたんだ。おれがお世話になることはなさそうだけどね。だってよりにもよってこどもクリニックだよ？　要するに、なんと小児科だ！」と。

ワンダフル・フラワーズ

1

九月の陽光に、秋の気配はかけらも含まれていなかった。

煤けた古い建物から、女学生たちがぞろぞろ出てくる。強く熱を持った光に、皆一瞬顔をしかめるが、総じて神妙な面もちだ。

建物の前には、丈高いひまわりが、びっしりと植えられていた。黄色く巨大なその花を背にした女学生たちを、ごく少数の関係者が出迎えた。

「全員、揃いましたね」

真ん中の一人が丸く柔和な顔に精一杯の威厳を乗せて、静かに言った。それへ、やや非難の色を滲《にじ》ませて、女学生の一人が言う。

「揃っていません、角田先生……。一人、欠けています」

角田先生と呼ばれた男は、一瞬、どこかがひどく痛んだような表情を浮かべた。

「もちろん、あの不幸な出来事で、我々の大切な仲間を一人、喪《うしな》ったことは、大いなる哀しみです。まったくもって痛切の極みです。しかしながら、生きている者は皆、前へと進んで行かねばならないのです。彼女の魂もきっと、今、この場にあると信じ、あなた方は新たな生活を始めなければなりません。

――よろしいですか？　それでは、卒業式を執り行います」

2

清水玲奈《しみずれな》の死にたがりについては、入寮早々、寮生ほぼ全員の知るところとなった。

彼女の第一印象としては、不健康に痩せていて生気がなく、表情も乏しい女の子、である。二十二、三歳の女性なんて、世間のイメージとしては、花開くように美しく、溌剌《はつらつ》としているべき存在だ。なのに、どうにもくすんでいる。目鼻立ちはそう悪くないのに、常にうつむき、背中を丸め、くぐもった声でぼそぼそと話す。まるで、老婆のようだ。いや、今日日、街を闊歩する老婦人の方がよっぽど、生き生きとして人生を謳歌しているだろう。

しかしながら、入寮したばかりの時の玲奈は、特別負の方向に目立っていたわけでもなかった。なにしろ全体が、よどんでいる。だれきっている。病んでいる。水槽に腹を見せて浮いてきた魚の如くぶよりと覇気がなく、また、雨上がりの道ばたで干からびるミミズのように潤いがない。そうではない女学生も一部いるにはいるが、彼女らもまた、現状では汚水に浸かってしまった苺のようなものだ。それぞれに事情はあれど、閉校することがわかっている大学で、ありとあらゆる救済措置をものともせずに卒業保留組となってしまった時点で、皆、同じ穴の狢《むじな》である。そもそもが、難あり、訳ありの集団だ。

だがその中においてさえ、さほど時間が経たないうちに、清水玲奈の暗く重苦しいオーラは、ブラックホールの如く周囲の注意を引き寄せるようになった。

玲奈が特段何かをしたというわけではない。むしろその逆だ。何しろ彼女は、能動的な姿勢を一切見せない。食事を摂る、着替える、入浴するといった基本的なことさえ、誰かに強要されるまでやらない。つまりは生きることそのものを、完全に放擲《ほうてき》しているのだ。生ける屍《しかばね》、という言葉があまりにも似つかわしい。

入寮した誰しもが、おそらくは内心で感じていたであろう「いくらなんでも、これは」という思いがいっそう強くなったのは、入浴時のことだった。決められた入浴時間から少し遅れ、角田理事長の妻と娘によって浴室に送り込まれてきた玲奈を見て、先に体を洗ったり湯船に浸かったりしていた女学生達は皆、いっせいに息を呑んだ。

それまで、だらりとした長袖に隠されていたその両腕には、無数の傷があった。

時が止まったような中、傷だらけの二本の腕は仕方がなさそうにゆるゆる動き、ゆっくりと瘦せこけた体を洗っていった。やがてまとわりつく泡を流し終え、玲奈が湯船に身を浸すと、誰ともなくほっとため息をついた。

が、それも束の間のことだった。浴槽の縁に背中を預けていた玲奈は、じょじょに力なく傾いていき、雪だるまが日差しに溶け崩れるようにして、お湯の中に沈んでいった。

その頭部が完全に水没すると見るや、真っ先に動きだしたのは喜多川菜々子だった。

「ちょっと。なにやってるの！　溺れちゃうでしょ」

他の誰もがただ見守るしかできずにいた注視のさなかに、一糸まとわぬ姿で（入浴中だから当然なのだが）堂々と進み出て、力強く玲奈を救助する。同世代女子が怯《ひる》んでしまうような、美しく均整の取れた体である。

けほけほと咳をする玲奈の背中を優しく叩いてやりながら、菜々子は半ば叱るように、半ば力づけるように言った。

「しっかりしないと、ほんとに死んじゃうよ」

誰かが小さく「あ」とつぶやいたが、その言葉を向けられた当人は、困ったようにへらりと笑った。

「うん、死にたいの」

その途端、菜々子はいきなりがばっと相手に抱きつき、「そんな哀しいことを言わないで」と泣かんばかりに叫んだ。いや、実際涙ぐんでいる。ちなみにここに集められたメンバー間で、過去に個人的な交流のあった者はいない。同じ大学に籍は置いていても、ほぼ、会ったばかりの他人である。

周囲で地蔵のように固まるばかりだった役立たず組のうち、「喜多川さんってスゴイ」と思った者が数名いた。別な数名は「清水さんてヤバイ」と思い、一名のみ、「ナイス百合《ゆり》、ごちそうさまです」とほくほくしていた。

ともあれ萌木寮の面々は、ごく早い時点から玲奈に対して、〈危険物・壊れ物につき取扱注意〉という共通認識を抱いていた。

外見だけなら、完全に拒食症そのものの細井茉莉子の方が、幾分〈ヤバイ〉のかもしれない。こちらとて、緩慢で消極的な自殺行為と言えるだろうから。が、茉莉子はまだ、ギリギリ崖っぷちのラインに留まっているようでもある。玲奈の〈ヤバさ〉は、そのラインをあっさりと跳び越えてしまいそうな危うさにある。より積極的に、彼女は死にたがっているのだ。

清水玲奈に〈積極的〉という言葉ほど、そぐわないものもないのだけれど。

「あの子、大丈夫なんですか？　特別補講とか、呑気なこと言ってる場合じゃなくないですか？　単位を取って卒業するどころか、下手すりゃこの世から卒業しちゃいますよ、あの子」

角田理事長のところへ突撃し、ずけずけとそんなことを言ったのは、矢島夏鈴である。

当の角田理事長は、夏鈴の縁起でもない言い種にもどこ吹く風だった。

「おやおや、何を言い出すかと思えば……。大丈夫ですよ。清水さんも我が校の大切な学生です。親御さんの大切なお嬢さんをお預かりし、一人の例外もなく卒業させることが私の責務なのですよ」

「……でも、もしほんとにここで死んじゃったりしたら、完全に先生の責任になりますよね？」

より直接的な言葉を用いて、夏鈴はさらにつけ加えた。これで一応、理事長の身を案じているのである。

それと察してか否かは余人には計り知れない満面の笑みを、角田理事長は浮かべた。

「大丈夫ですとも。まかり間違って死んでしまわないために、彼女は今、ここにいるのですから」

高邁な理念や使命感はさておき、見た目は〈能天気なおじいちゃん〉そのもので、夏鈴はこっそりため息をついたものである。

自称フリーライター志望の夏鈴は既に、向こう見ずにも清水玲奈当人のところへも、突撃を試みていた。

さすがの夏鈴にも、この相手には迂闊《うかつ》なことは聞けないぞというくらいの常識はあった。それでごくごく無難な、他愛ない質問で様子をみることにした。

『ねえねえ、清水さんって、何が好きなの？』

ぼうっとした時間が流れてから、ようやく玲奈は口を開いた。

『……眠ること』

『あ、ああ。寝るのは気持ちいいよね……授業中にも、居眠りばっかしてる子たち、いるよね……。他には？』

『もっといいのは、なるべく早く死ぬこと』

うわー、ヤバイヤバイと思いつつ、夏鈴はいささかうわずった声で軌道修正を試みる。

『い、いや、そうゆーのじゃなくてさ……もっとハッピーな感じの』

『一番いいのは』空洞のような双眸が、夏鈴の背後の見えない何かを捉えつつ、低い声で告げる。

『そもそも生まれてこないこと』

こりゃ洒落にならん、マジもんのメンヘラちゃんだ、触っちゃ駄目な人だったわと、今さらながら夏鈴は思った。

「――だから、ね、角田先生。初対面に等しいような人間に、そういうことを言っちゃう子なんですよ。どう考えたって、危ないですよ」

今一つ、呑気である（ように見える）角田理事長に危機感を覚えてもらおうと、夏鈴は必死で言いつのる。

「ふむ」と角田理事長はつぶやいた。「そのセリフは、ギリシャ悲劇ですかね。確かソフォクレスだったかな……ハインリッヒ・ハイネも似たような言葉を残していますね」

「は？」

「眠りは良い、死はもっと良い。でも一番良いのは生まれてこないことだ」

朗々と歌うように暗唱し、そして理事長はにっこりと笑った。

「大丈夫ですよ。確かハイネもソフォクレスも、自ら死を選んだりはしていませんし、そここそ長生きもしていたはずですからね。人は誰しも若い時分には、そうした厭世的な気分に浸るものですよ。ハシカみたいなものでね。大丈夫、大丈夫」

そう気楽に言われてもさほど安心はできなかった夏鈴であったが、理事長から頭を撫でられて「しかしあなたの学友を思う気持ちは、大変素晴らしいです。いずれ、清水さんにもその思いは伝わるでしょう」としみじみ言われ、だいぶ調子を狂わせられながらも、その場は退散したのだった。

いやしかし、清水さんと同室になった人はご愁傷様だわと、夏鈴は思った。朝起きたら、同じ部屋に血まみれの遺体が転がっている事態が、マジで起きそうで怖い。あるいは、夜中にふと目覚めたら、カーテンレールに人がぶらーん、とか。

仮に面と向かって「あなた図太いね」なんて言われたら、「そうなんですー」とあっけらかんと肯定してしまいそうだし、事実毛の生えた心臓を自認している夏鈴であったが、ホラーめいたことだけは、かなり苦手だった。だから、清水さんと同室じゃなくて良かったと胸を撫で下ろした後、その気の毒な人が誰なのかと聞いてまわった結果、驚愕の事実が判明した。

清水玲奈は誰とも同室ではなかった。より正確に言えば、学生とは誰とも。

なんと玲奈は、一階にある、角田理事長夫妻の部屋に寝起きしていたのである。事務室も兼ねたその和室か、保健室でもある湯本先生の部屋が、玲奈の居場所なのだった。

「ありえねー」

思わず大声で叫んでしまった。

無理無理無理無理、自分なら絶対無理。理事長夫妻と川の字で寝るとか、白髪の校医とふたりきりとか、ありえないにもほどがある……。

とっさに激しくそう考えた夏鈴だったが、同時に、理事長の『大丈夫』が、単なる無責任発言ではなかったことに思い至り、一応は安堵したのであった。

――それにしても、あの三人で一体、どんなふうに暮らしているんだか、ぜひとものぞき見てみたいわ、と思いつつ。

3

私が物心ついたころから既に、両親の仲は微妙だった気がする。

父は大変に自尊心の高い人間だった。自分のプライドが何より大事で、それを守るためなら躊躇なく他者のプライドを踏みにじることができる人間だった。そして母は、ただ黙って踏みつけられているような人ではなかった。父から小馬鹿にされたり、否定されたりしたら、いちいちきっちりと反論するのだ。そして父は、反論されることを何よりも嫌う。彼は「イエス」と全面降伏以外を認めないのだ。

父はまた、人のミスが許せない質《たち》だ。こだわりも強くて、父のこだわりがそのまま家のルールに成り代わり、そこからわずかでも外れると、人が違ったように母を怒鳴り、糾弾する。母は怯みながらも、父の主張がいかに理不尽であるかを力説する。火に油が注がれ、怒りが頂点に達した父は、その後、一週間も二週間も母を完全に無視することになる……。

この繰り返しだった。

父も母も、教師として毎日忙しく働いている。二人とも家にいないときは寂しかったけれども、どこかほっとしていた。父母のどちらかしか家にいないときにも。両親はそれぞれが、彼らなりの愛情を私に向けてくれる。ただ、その方法も違っていたし、子育てに対する意見もしばしば対立した。父は自分の意見に絶対の自信を持っていて、母のやり方を真っ向から否定し、罵倒した。母は母で、面と向かって反対はしないけれども、おとなしく言いなりになることもしなかった。

そんな二人の間で、私はただただ途方に暮れていた。

父は「玲奈は俺の言うとおりにしていれば、すべてうまくいく」と自信満々だし、母は「無理してお父さんの言うとおりにしなくていいからね、玲奈」と言ってくる。私はもう、どうすればいいのかわからない。

それでも、小学生まではまだ、なんとかなっていた。クラスメイトから、「いいなあ、玲奈ちゃんのパパとママ、お金持ちっぽいし、スタイル良くて格好いいし」なんて褒められたりすると、単純に嬉しかったし、誇らしくもあった。機嫌がいい時の父は本当に朗らかで優しい。父が家にいるときには、その指示に従っていればなんの問題もなかった。

中学に入り、事態は私にとって悪くなる。

といっても原因は、自分自身にあった。私は両親が思っていたようには、成績が良くなかったのだ。クラス平均よりも、下。最下位から数えた方がやや早い、そんな位置だ。良くない、ではない。これははっきりと悪い、だろう。自分でもショックだったし、不本意だったけれど、それが現実だった。

これは教育者の彼らにとって、沽券《こけん》に関わる大問題だった。

特に大騒ぎした父は、私に勉強を教えてくれるようになった。父は得意になって数学の問題を解いて見せ、「な？　だからこれは、この数式を使えばいいんだよ」などと言ったが、数ある数式の中から、なぜそれが選ばれるのか、私にはわからなかった。だから次の例題を示されても、当然の如く、解けない。父は段々イライラし始めて、終《しま》いには投げ出すように言った。

「なぜ理解できないのか、まったく理解できないよ。俺の娘なのに。ああそうか、お母さんに似たんだな」

母は国語教師で、理数系は苦手だと言っていた。

「あなたはそうやって、玲奈の駄目なところは全部私のせいにするのね」と母は不快感をあらわにした。

「本当のことだろ」と父もあからさまに不機嫌になる。父は人のことをすぐ否定したり、けなしたりするけれど、それで相手が機嫌を損ねると、ムッとするのだ。これは悪口ではなく事実を教えてやっているのだから、真摯に受け止めるべき、ということらしい。

こうして私のせいで家の中の空気は悪くなり、私は常に、酸欠の金魚みたいに息苦しかった。勉強しなければ、と思った。勉強して成績を上げて、父母の争いの種を減らさなければ、と。

内心の焦りとは逆に、体は重く、頭は常にぼうっとしていた。学校でも先生の言葉は脳の表面を滑り落ちるばかり。板書された文字をノートに書き写していても、はっと気づくと先生は黒板消しで消してしまい、新たな文字を書き始めている。ノートに残るのは、ほとんどが中途半端で意味不明な文章だ。自宅学習していても、ただぼんやりしている時間の方が明らかに長い。ふと気づくと、一時間、二時間が、簡単に消えている。いたずらに就寝時刻ばかりが遅くなり、翌日はまた、一日ぼうっとしたままで無意味な時を過ごす。

こんなありさまで成績が上がるはずもない。

やがて私は、塾に入れられることになった。〈本当に学力のある子供には、塾なんて必要ない〉というのが父の持論だったから、きっと彼には屈辱だったことだろう。それが身に沁みてわかっているだけに、もしこれで思うように成績が上がらなかったら、きっと父は私に絶望する。そうなれば、今は母だけに向けられている攻撃が、私にも向けられるようになるかもしれない。

そう思って、心底震えた。私は母のようには強くない。あんなふうに怒鳴られ、暴言を吐かれ、無視されるなんて、きっと耐えられない。考えただけでも死にたくなる。

父は努力教の信者だ。人間真面目にコツコツ努力しさえすれば、まず大抵の願いは叶うと信じている。父にとって、目標に到達できなかった者、低い位置に甘んじている者は、己を高める努力を放棄した、唾棄すべき人間なのだ。

塾はスパルタで有名なところだった。大量の課題を出されて、それができていないと皆の前できつい言葉で叱られるのだ。父の怒鳴り声と重なり、私はすっかり萎縮してしまった。何とか課題をこなそうと、深夜まで机に向かったが、問題を解いているうちに段々頭がぼうっとしてきて、気がつくとテキストの上に突っ伏している。明け方までかかっても、課題は終わらない。学校の宿題も普通に出ていたが、そちらは完全に手つかずだった。そのことで学校の先生から咎められ、どうしていいかわからなくなってしまった。叱られたり、怒鳴られたりすることが恐しくてならないのに、事態はどんどん悪くなっていく。

自分が悪いのはわかっている。他の皆は、ちゃんと学校の宿題も終えた上で、塾の課題を終わらせている。父には、時間の使い方が下手だと言われた。集中力がない、要領が悪い、とも。実際に口に出しはしなかったけれど、頭が悪い、と言われた気がした。そう言われて当然だとも思った。

ただ、おろおろと立ち尽くすばかりのような日々の中、学校に行くことも、塾へ行くことも、もはや苦痛で、恐怖でしかなかった。けれど不登校になることもできなかった。そんなことになれば、父からどれだけ責められるかわからない。

寝不足でいつも頭がぼうっとしていたし、ズキズキと痛んでもいた。家にあった痛み止めを飲んでしのいでいたら、今度は常に胃がムカムカするようになっていた。小六の時に初潮を迎えていたものの、ここ数ヵ月はその兆《きざ》しもない。

母が私の様子に気づき、ひどく心配された。薬がほとんど無くなっていたことにも、驚いたらしかった。

「玲奈。塾、辞める?」

私は慌てて首を振り、大丈夫だと言った。絶対父には言わないでとも。でも、母は懇願を無視して、即座に父に伝えてしまった。

「玲奈。塾を辞めたいんだって？」

むしろ優しいくらいの口調で父に聞かれ、けれど私は緊張で固まった。口の中がカラカラになり、必死で声を絞り出す。

「……辞めない。頑張れる」

ようやくそう言うと、父はニコニコとうなずいた。

「そうだよな。やっぱり、お母さんが勝手に騒いでいただけか。あの人が玲奈を甘やかすのにも、困ったものだな」

それだけで話が済んでほっとしたけれど、その後しばらく、父母の間には険悪なムードが漂っていた。そしていつの間にか、私の周囲にはもやもやと白い霧が揺れていた。その濃い霧は私の中にまで入り込み、頭の中はいつもぼんやりと真っ白だった。

成績は、芳しくないままだ。塾の先生は相変わらず怖かった。学校ではちょくちょく体調を崩し、保健室に行くことが多くなった。ベッドで横になっていると、わけも無く涙が溢れて止まらなくなった。

そうして中三の秋、私は初めて手首を切った。


自傷行為は癖になる。

最初の時に、私は塾に行かなくていい権利を手に入れた。死ぬことは、ちっとも怖くない。痛みなんて、永遠に続くものでもない。その先にある、完全な無こそが、私の望みだった。だからその行為は、ノーリスクであり、大きなリターンをもたらしてくれるものだった。私は苦痛から逃れられる、万能の鍵を手に入れたのだ。

おかしな話だが、それでずいぶん気持ちは楽になった。

学校へは、保健室のお世話になりながらも、なんとか通った。成績は、以前よりはむしろ上がった。高校は、家から一番近い女子校に、辛うじて引っかかった。

新しい環境にしばらくは身がすくんでいたけれど、高校生活は思いの外、気楽だった。附属の大学に進む子が多いので、勉強については、しごくのんびりしたものだった。私立のお嬢様校のイメージが強い学校だからか、クラスメイトもおっとりした優しい子が多い。何より、大声で騒ぐ男子や、生徒に向かって怒鳴り散らすような男性教師がいない。それが心底、ありがたかった。

最初の一年くらいは、楽しかったような気がする。なんとなく、だけど。勉強も、そこそこついて行けていた。クラス順位も、上位三割くらいには入っている感じだった。

二年生に進級する直前に、父に言われた。

「玲奈は大学はどこを受けるつもりなんだ？」

え、と固まっていると、父は当然のように続けた。

「附属の大学は、玲奈の代で閉校が決まっているだろう？　そんなとこ行ってもなあ……玲奈なら、もっといいとこ行けるよ。俺の子なんだから」

心臓が、痛いくらいに鳴っていた。

父が言っていることは、ごくごく真っ当だ。私が勝手に、楽で安易な道を選ぼうとしていただけ。

努力を厭い、大学受験という多くの人が普通に立ち向かう試練から逃げようとしていただけ。つくづく、私は駄目な人間だと思う。怠け者で、うたれ弱くて、プレッシャーにも弱くて、しかも弱いことに甘えてて。

そんなことを鬱々と考えているうちに、私の周囲にも、頭の中にも、またあの霧がもくもくとわいてきた。気がつくと、手首をじっと見つめている自分がいる。

そして私は、非常口のドアを開けるため、またあの鍵を使ってしまった。それも、何度も。親は騒ぎ、泣き、そしていつの間にか他大学受験の話は消えた。

自分でも最低だと思う。卑怯だと思う。これではまるで、自分の命を盾に取った脅迫行為だ。父にも一度、そう言われた。自分の将来について、どう思っているのか、とも。

将来なんて知らない。目と鼻の先でさえ、白い霧に隠されているのに。未来なんて、そんなあるのかないのか不確かなもの、考えることなんてできない……そう思った。父にはそうとは言えなかったけど。それだけでなく、何ひとつ言えなかったけど。

こんな私が附属の大学に内部進学できたのは、ほとんど奇跡みたいなものだ。だけど私は駄目人間だから、みんなのようには頑張れない。ちょっとした事で立ち直れないほどくじけるし、あらゆる事を気に病むし、すぐに体調を崩してしまう。大学も休みがちになり、挙げ句の果てにはリストカットだ。

私のせいで、家の中はもう最悪だ。私という失敗作を育ててしまったことで、父の教育者としての面目も丸つぶれだったのだろう。仕事でも何かあったらしく、以前にも増して、怒鳴り散らすようになっていた。しょっちゅう母を責めていた。母が私を甘やかしたから、こうなったのだ、と。

母はずっと私に、ただ、生きていてくれるだけでいいと言い続けていた。それを父は、無責任だとなじる。親の方が絶対に早く死ぬのだから、自分で身を立てられない我が子のことを真に案じるのなら、そんなことは言えないはずだ、と。

父に言われて就職活動の真似事はしたものの、男性とまともに話もできないのでは、うまくいくはずもない。そもそもこのままでは卒業できる見込みもない上、学校はなくなってしまうのだから、笑っちゃうくらいお先真っ暗だ。その〈お先〉だって、ほんとにあるんだかないんだか、ぼんやりとした霧の中だ。

未来の代わりにそこにあるのは、空恐ろしいまでの不安、ただそれだけだ。

このまま卒業もできず、まして就職もできず、家にも居場所がないまま、私はどうしたらいいのだろう……。

リアルで相談できる人なんて、誰もいなかった。それで矢も楯もたまらず、ネットの相談掲示板で、現状について相談してみた。真っ先についたコメントは、「立派なメンヘラニートですね。早く死んで下さい」だった。

本当に、その通りだった。こんな私が生きていたところで、家族や、果ては社会に迷惑をかけるだけだと思った。

今度こそ、死んでしまおう。なるべく誰にも迷惑をかけない方法で。ひっそりと、消えるように死んでしまおう。

そう心に決めた頃、大学の理事長に呼び出された。

「――このままでは卒業もできず、学校もなくなってしまうわけですが、清水さんは四月以降、どうするか決めていますか？」

「……どう、する……」

私はぼんやりと繰り返す。

「何か、したいことがありますか？」

重ねて問われて、仕方なく答えた。

「私は何もできない無能な人間です。ただ、死んで、いなくなってしまいたいです」

理事長はふうっとため息をついた。

「実は、この個人面談に先立って、親御さんともお話をしています」

ぎょっとして顔を上げた。

「父とですか？」

「いえ、お母様とです」

少しだけ、ほっとする。

「死にたいとのことですが……」ごく普通の口調で、理事長は続けた。「まあ、まず、無理でしょうね」

「……え？」

また顔を上げたら、理事長は悪戯《いたずら》っぽく微笑んでいた。

「あなたの両腕の傷は、いったい何本ありますか？　中学生の頃から、一体何度死のうとしましたか？　いやいや、別に答えずともよろしい。今、あなたは生きている。立派に死に損ねている。私に言わせれば、それは要するにあなたには死ぬ才能がないんですよ。あなたは自分のことを無能だと言いましたが、こと、自ら死ぬ能力に欠けるという点に関してだけは、大いに同意しますね」

あまりの言いように絶句していると、理事長はさらに追い打ちをかけてきた。

「あなたは死ぬのが下手くそですが、どうやら生きる方も相当に下手くそらしい。頻繁に死にたくなるのはそのためでしょう。だけど心配には及びません。能力が足りないというのなら、これから学び、身につければいいのです。今、あなたの目の前にいるのは、生きることの達人です。この歳まで元気に現役で働いていることが、その何よりの証です。そして私の妻もまた、同じように達人と言えます――そこで清水さんに、素晴らしい提案があります」

理事長の弁舌は、催眠商法のセールストークのように滑らかだった。私のぼんやりした頭にも、少しずつ、言葉の内容がしみ通ってくる。理事長は、買わなきゃ損の商品を取りだすように、うやうやしく言った。

「私ども夫婦の元で、一定期間、生きることの修行をすることを、あなたに許可します」

あなただけ、特別ですよとつけ加え、理事長は丸い顔に満面の笑みを浮かべたのだった。

4

蓋を開けてみれば要するに、足りない単位を補うための集団合宿であった。私に拒否権は与えられず、母によって荷物と共に車に乗せられ、大学の寮に放り込まれてしまった。母からさえ、見捨てられたのだと思った。そのことだけでもショックで、やっぱり死にたくなった。とは言え家にい続けたところで、辛いことには変わりなかった。

角田理事長の私への特別扱いは、徹底していた。他の学生は二階で二人部屋なのに、私だけは一階の理事長夫妻の部屋で寝起きするのだ。確かにこれは、修行と呼んでもいいのかもしれなかった。

入寮時、私の荷物だけ入念なチェックを受けたし、理事長の奥様から（松子さんという）ボディチェックまでされた。刃物や薬の類を持ち込んでいないか、警戒されたのだ。お守りの中にカッターナイフの刃を入れておいたのだが、その時に取り上げられてしまった。

調理場の包丁などは鍵をかけて厳重に保管しているし、風呂場には清掃時と入浴時以外は鍵がかけられている。散歩の際は必ず誰かが同行する——そう理事長からは説明された。でないと、うっかり死んでしまうかも知れないから、と。

私を死なせないために、余計な手間暇をかけさせてしまって申し訳ないと思う。ただ、今の私は積極的に何かをしようとする気概はとうになく、人にあせよこうせよと言われるままに、のそのそ動く物体となり果てている。死にたいという気持ちだけはあるものの、実行するエネルギーはゼロの状態だ。

角田理事長と奥様と私の、三人での暮らしぶりは傍から見ればむしろ穏やかで、ほのぼのとしたものに見えたかもしれない。

毎朝五時に起きて、顔を洗った後、朝ご飯の仕込みのお手伝いをする。といっても大したことはない。人数分の米を研いで炊飯器にセットしたり、味噌汁のための水を大鍋に張ったりすることくらいだ。だけど、「年寄りは力が無いから、若い人に手伝ってもらって助かるわあ」と、いつも松子さんには言われる。その後、寮の正面にある花壇や菜園に水やりをする。植物を育てるのは、ご夫婦共通の趣味だそうだ。

そうこうするうちに、夫妻の一人娘の野々村千鶴さんがやってきて、本格的な調理が始まる。

その時間、私はなぜか理事長とお散歩だ。

「長年の習慣でしてね。付き合ってもらえますか?」

最初にそう言われ、私はこくりとうなずいた。理事長に限らず、誰かに対して「いいえ」と答えることなど、私にはできない。

けれど早朝の散歩は、別に嫌ではなかった。理事長も、怖くなかった。小柄で丸顔でいつもにこにこしていて、優しい声で穏やかに話すから。それは松子さんも同じで、とてもよく似たご夫婦だなと思った。

林の中の小道を、ただ歩く。腐葉土はふかふかと柔らかい。ときおり理事長は、鳥や虫や植物について、簡単な説明をしてくれる。教師の口調ではなく、幼い孫娘に語りかけるおじいちゃんのように。私は、こっくりこっくりとうなずきながら歩く。

小道の先に、木々が途切れて小さな広場になっているところがあり、そこに着くと理事長は足を止め、大きく深呼吸をする。そして「ほら、ごらん」と言われて一緒に見上げる空は、とても青かった。

時々、その広場で剣道の竹刀を持って素振りをしている女の子がいた。同じ特別補講の参加者だ。いつも、眩しいような笑顔で朝の挨拶をしてくれる。運動が好きで、毎朝走ったり素振りをしたりしているそうだ。とても幸せそうで、彼女を見ていると、ぼんやりした心に複雑な感情がもやもやとわいてくる。それは憧れだったり、羨望だったり、あの子に比べて自分は……という卑屈な思いだったり。

もし、父の娘があの子だったら、父はさぞかし自慢ができただろうに。同じ年頃の若い娘同士だというのに、どうしてこんなにも違うのだろう。真夏の太陽のように、直視できないまばゆさだ。

あの子は一日一日を、きちんと積み上げてきた人なのだろう。すごいな、えらいなと思うと同時に、「でも……」とも考えてしまう。あの子の手許にはきっと、最初っからレンガのように美しく成形された石があったのだろう。私のところにあったのは、大きさも形も不揃いな、いびつな石ばかり。賽の河原の石積みのように、何ひとつ積み上がらず、完成もせず、しまいに私は石を投げ出してしまった……。

ああ、駄目だ、と私は首を振る。こんなふうにすぐ、何かのせいにしてしまうから、私は駄目なんだ。彼女のことをろくに知らないくせに。私だって、客観的に見ればかなり恵まれた環境に生まれ育ったと言えるだろうに。私立の女子大に入れてもらっている時点で、少なくとも経済面での困窮を抱えている子は、ここにはいない……私も含めて。

自己嫌悪と劣等感を腐葉土と共に踏み締めながら、来た道を戻る。花壇の前には木でできたベンチが置いてあり、理事長と並んで腰かけ、温かい白湯をいただくのが、散歩の締め括りだった。

私達の上には、暖かな陽が降り注ぐ。春の空は茫洋として青く、風は木立を抜けて、さやさやと音を立てていく。

とても気持ちがいいはずなのに、どうしても私は思い出してしまう。こんな穏やかなはずの過去の日に、父は大声で怒鳴っていた。

家族三人でピクニックに行ったときのことだ。車で森林公園に向かう途中、弁当屋でそれぞれの昼食を購入した。ところが、公園に着いて芝生の上にレジャーシートを広げ、さあ、お弁当をいただきましょうというときになって、問題が起きた。

割り箸が、一膳足りなかったのだ。

父は瞬時に激怒した。母にレシートを出させて、そこに印刷された弁当屋にすぐさま連絡を入れる。電話を取った相手に、父はいきなり大声で怒鳴り始めた。

どうしてくれるんですか、自分たちはもう遠くまで来ているんですよ、箸がなかったら、食べられないじゃないですか。どう責任を取ってくれるんですか。謝られたところで、どうにもならないじゃないですか……。

父の怒声は延々と続き、周囲でピクニックを楽しんでいた家族連れが、何事かというようにこちらを見ていた。母は一膳分の割り箸を半分に折り、私と母はそれを使って黙々とお弁当を食べた。もちろん味なんてしなかった。

まだ、子供の頃の話だ。もう、ずいぶん昔。なのに、思い出す度、涙がこぼれそうになる。幼い頃、他にも色んなところに連れて行ってもらったはずなのに。楽しいことも、いっぱいあったはずなのに。記憶の網にすくい取られて、今、こうして思い出すのはネガティブなエピソードばかり。

私はこんなにも恩知らずの駄目な子で、だからやっぱり、死ぬしかないのだと思う。

「——どうです、少しばかり歩いただけで、ただのお湯がこんなにも美味しい」

目を細めて、理事長は言う。私は機械的に「はい」と答える。

美味しいとか、楽しいとか、嬉しいとか、それらがいったいどういう気持ちだったのか、今の私にはわからない。元々、知らなかったのかもしれない。広場で会う、素振りの子のことを幸せそうだと思ったけれど、〈幸せ〉というのがどんな気持ちなのかも、実のところはよくわかっていない。

死にたいと口にすると、少しだけ楽になる。実際に死んでしまえば、本当に楽になれるのだろう。それも、永遠に。

私がときおり口の中であめ玉みたいに転がす死を、理事長は聞いていたかもしれない。歳はとっていても、耳は良いと自慢していたから。

けれど理事長は何も言わなかった。ゆっくりと、嬉しそうにただの白湯をすすっている。

朝食を済ませ、各自の当番が終わると、すぐに授業が始まる。食堂がそのまま、教室へと変わる。

授業は別に、苦ではなかった。先生方は皆お年寄りで、大きな声で威圧的にしゃべる人はいない。まして、血相を変えて怒鳴る人もいない。ただそれだけで、日常はこんなにも穏やかだ。

誰かから、ごくごく遠慮がちに「理事長夫婦と同じ部屋に寝泊まりとか、気詰まりじゃない？」と言われた。「私ならきっと、初日で逃げ出すわ……学生同士でもだいぶ気詰まりなのに」とも。

確かに異常な状況なんだろうとは思う。もちろん、望んでそうなったわけではない。

「これも修行だから」と理事長は笑ったけれども、つまり二十四時間見張っている必要があるということなのだろう。そうしなさいと命じられた以上、私にそれをはねのける力はない。そもそも、赤の他人と寝起きするのが気疲れするのは、理事長夫婦だって同じことだろう。私のせいで申し訳ない、と思う。とても迷惑をかけてしまっている。本当はとても嫌なことを、私ははるか目上の他人に強いてしまっている。人に迷惑しかかけられない自分が恨めしく、すぐにも死んでしまいたくなる。

畳の部屋で三人でいると、思い出すことがあった。家族で旅行に行ったときのことだ。ツアー会社のミスで、予定どおりに行かなかったことがあり、父はたいそう腹を立てていた。宿の部屋食が始まったとき、夕食を食べる母と私の傍らで、父は携帯電話を握りしめ、担当者を力の限り罵倒し始めた。

『あなたのせいで、大変な迷惑を被りましたよ』『どう責任を取ってくれるんですか』『あなたが謝っただけですむとでも?』『あなたじゃ話にならない。上の人を出して下さい、今すぐ』

血相を変えて、延々と怒鳴り散らしている。

あまりに異様な雰囲気に、仲居さんたちによる料理の配膳が完全にストップしてしまった。彼女たちはおそらく、中で家族が怒鳴られている修羅場の真っ最中だと思ったのだろう。

美味しいはずの料理の味なんて、全然わからなかった。

当時の恐怖感や恥ずかしさが甦り、気づかないうちに涙がこぼれていたらしい。

「どうしたの、玲奈ちゃん?」

寝る支度をしていた松子さんが、そっと顔をのぞき込んできた。

「なんでもないんです……なんでもないけど、死にたくなってしまうの」

松子さんは困ったように首を傾《かし》げた。

「そうなの。ならね、さっさと寝てしまいましょう。一番死に近いのは、眠ることだから」

「この歳になるとね」と理事長も言う。「それまで元気にしていても、ある夜眠ったら、それきり目を覚まさないことだって、あるかもしれないし」

「ぴんぴんコロリね」

おどけた口調で松子さんが言うと、同じくおどけた口ぶりで理事長も続ける。

「そうそう、ぴんコロぴんコロ。まあ、理想の死に方ですね」

「そうよね。痛い思いや、苦しい思いをしないですんで、人様に迷惑もあんまりかけずにすむし」

この夫婦は、死について語るときでさえ、穏やかで陽気だ。

「ハイネも言っていましたよ」いっそ朗らかに、理事長は言った。「死ぬことに次いで、眠ることは良い、とね。さあ、その素敵な睡眠を、むさぼるとしましょう」

パチンと部屋の灯りが消される。すぐに聞こえてくる二人分の寝息を聞きながら、私はゆっくりと泥に沈むように、眠りの中に落ちていく。

5

季節は変わり、八月になっていた。

朝食や洗濯や各自当番制で行っている共用部分の清掃など、朝の日課を終えた学生達は、ぞろぞろと寮の玄関先に出て来た。週に何度かある、体育の時間である。最初は皆の眠気を飛ばすべく、午後一番に組み込まれていた時間割が、夏になって気温が上がってきたときに、朝一かったが。

番の時間帯へと変更になった。いずれにせよ、全体がだらけたムードであることに変わりはなかったが。

ごく早い時期から、高齢の理事長に代わって、喜多川菜々子がコーチのようなことを引き受けている。彼女はこの中で唯一、体育の単位を取得済みだ。

萌木寮と花壇に挟まれた狭いスペースでは、できる運動もごく限られてくる。また、運動神経に恵まれた者もほとんどいない。だから林の小道を利用した軽いランニングの他は、簡単なリズム体操やダンス、初心者向けのヨガなどを、無理のない範囲で行っていた。まるで公民館などでやっている、老人向けの教室のようだと考える者もいたが、もちろん異議を唱えることはしなかった。指南役の菜々子が折に触れ、「みんなはほんとはもっと、できるはずなんですよ。やればできるんです。もっと高いレベルに到達できるはずなんです」と、なぜか竹刀を片手にうずうずした様子を見せていたからだ。

熱血指導は誰一人望んでいなかったので、その日もまた、百年一日の如きゾンビーダンスである。

ダンスの出来はともかく、見た目に関しては、四月の頃とはかなり変わっていると言える。

梨木朝子は四月からずっと、理事長に着用を命じられた弾性ストッキングを身につけていた。低血圧改善のためだったが、暑さに負けて、だいぶ前から脱ぎ捨てている。それでも生活習慣を改めたためか、以前ほど寝起きは悪くないようだ。今も、隣にいる有村夕美がいつ倒れても抱き留められるように、そちらに気を配りながら、のたのた体を動かしている（そして金剛真実は、決定的瞬間を見逃さぬよう、常に二人の様子を見守っている)。二重に見守られている有村夕美も、持病のナルコレプシーの発作は以前よりは出にくくなっている。校医の湯本先生による生活指導と適切な投薬が、功を奏しているものらしい。

綾部桃花の夏服は、完全な男物だった。家族に頼んで送ってもらったものらしい。松子さんに髪をベリーショートに整えてもらい、見た目はほぼ、中学生男子である。

外見上、一番劇的な変化があったのは、小山千帆だろう。四月頃より、明らかにひと回り体が小さくなっている。ただ、現時点でも肥満体型であることには変わりない。ダウンコートの下に着ていたウールのセーターを脱いだ、といったところだ。とは言え以前はゆるゆるの体操にさえ、まったく付いてこられなかった。汗をダラダラ流しながら、皆からだいぶテンポも遅れながらでも、フルで動けるようになったのだから、大変な違いだ。

千帆に比べれば、細井茉莉子の変化は大きく目につくものではなかった。相変わらず、痩せすぎている。見ていて痛々しくなることには変わりない。

けれど、注意深く見てみれば、あれほどくっきり浮き出ていた骨や筋は、壊れ物用の薄紙で、そうっとくるんだように陰影を浅くしている。紙のようにカサカサしていた肌にも、わずかだが潤いが戻っている。何より、落ちくぼんでいた両眼には、今はちゃんと柔らかな光が灯っていた。

花壇の前のベンチに坐り、角田理事長は感慨深く学生達を見守っていた。

花壇には、丈高いひまわりが、今を盛りと咲き誇っている。朝の光でさえ、肌にじりじりと暑く、蟬の声は四方八方から降るようだ。

「……角田先生？」

おずおずと声をかけられ、角田理事長ははっと我に返った。清水玲奈が、遠慮がちな足取りで、こちらに近づいてきている。

玲奈は母親を案ずる童女のように、ふと手を伸ばし、角田理事長の頰に触れた。

「……どうして泣いてるの？」

そのあどけないような口調も表情も、まるで幼子《おさなご》そのものだ。

近頃玲奈は、こんなふうに幼児退行を起こしているような様子を見せる。相変わらず思い出したように「死にたい」と口走るものの、それは甘えているようでも、子供のためし行動のようでもある。おそらく彼女にとって必要なことなのだろうと、角田理事長も妻の松子も大らかに受け止めている。

彼は自分が涙をこぼしていたことに、指摘されて初めて気づいた。

「ああ、これはね、思い出していたんだよ」

「なにを？」

小首を傾げる玲奈に、理事長は優しく微笑みかけた。

「――昔のことですよ。あなた方若い人から見れば、大昔の、ね」

「もし」ややもじもじしながら、玲奈は言った。「もし良かったら、先生が嫌じゃなければ、その話をして下さい。先生のお話、聞きたいです」

理事長ははっとした。

その言葉は、この五ヵ月ほど、何度となく玲奈に対して彼自身が口にした言葉であった。玲奈一人に限らず、今、預かっている学生達の多くに、同じような言葉をかけていた。学生達の話の中に、彼女たちが抱えている問題を解決する糸口が、隠されているかもしれないから。

確かに、こちらが聞くばかりでは、対等な人間関係とは言えないのかもしれない。

「そうですねえ」と言葉を探しているうちに、他の学生達もぞろぞろと集まってきた。

「何のお話か伺ってもいいですか？」

皆を代表するように、喜多川菜々子が折り目正しく尋ねてきた。角田理事長は苦笑する。

「なあに、このお嬢さんに、昔話をねだられていたんですよ。むか――しむか――し、あるところに……っていうやつですな」

おどけた口調で言ってみたが、菜々子の表情はあくまで生真面目だった。

「私達も、一緒に伺ってもいいですか？」

他の学生達も、それぞれうんうんとうなずいている。

「おやおや、若い娘さん方にこの年寄りが、これほど興味を持っていただけるとはね。これは、人生最後のモテ期というやつでしょうか」おどけた口調から一転して、ふいに理事長は生真面目な顔になる。

「あらかじめ言っておきますが、長いだけの退屈な話になりますよ。それでもまあ、運動の後の子守歌代わりくらいにはなるかもしれませんから、この後の授業で、一つ語り部の真似事をしてみましょうか。

――むかーしむかしの、物語を、ね」

6

萌木女学園創設者の角田大悟《だいご》は、ご存じの通り私の父親です。戦後、女子教育の大切さを痛感した父は、私財を投じ、人を集め、出資を募り、まったくのゼロからこの学校を造り上げました。

正式に発足する前から、父は丘の上にあった古い建物を借りて、ごく小規模の学校を開いていました。生徒は女性に限られていて、都合の良いときに来られる人が集まる格好で、皆の学力もまちまち、まあ村の私塾のようなものですな。何しろ皆が貧しい時代ですからお代もきちんとは頂けず、初期の頃などは生徒さん方も自分達で作った野菜や、捕ってきた魚などを持参するような状況でした。

私の母はそこで、父と共に教師を務めていました。不幸なことに、私が十になる年、父母念願の女子大を見ることなく亡くなりました。もともと、あまり体の丈夫な人ではなかったのです。父もまた、幼い頃の病気が元で片足が不自由でしたから、お互い理解し合い、気遣い補い合う、仲の良い夫婦だったと思います。公私ともに、最良のパートナーだったのでしょう。母が亡くなった際の父の慟哭は、未だに忘れられずにいます。

私には、二つ上の姉がおりました。名を千尋《ちひろ》と申します。母亡き後、この姉が、家のことをすべて取り仕切ってくれておりました。昔のことですから、家事万端は母から仕込まれていて、姉のおかげで父も私も、大きく困るようなことはありませんでした。そうは言ってもさすがに万事母と同じようにできるはずもなく、煮物の味が母と違う、母の料理が食べたいなどと、我《わ》が儘《まま》を言って姉を困らせたりもしました。思い返しても恥ずかしいことです。姉と私の年齢差はわずか二歳に過ぎず、姉もまた、当時子供と言ってよい年の頃だったわけですから。にもかかわらず父と私は、姉に母親としての仕事を丸ごと、押しつけていたのです。

言い訳になりますが、当時の価値観では、それが当たり前のことではありました。ですから、父も、私も、そして姉自身も、まったく疑問に思うことなく、日々を過ごしておりました。

さて、その私塾があったのが、何を隠そう、まさにこの萌木が丘の、この寮が建っているこの場所なのです。当時はまだ、先ほど申し上げたようにごく小規模の私塾みたいなもので、建物も木造の古くて小さな平屋でしたし、学生の数も多いときでわずか十数人程度でした。戦後のまだまだ余裕のない時代、女性が学ぶのも並大抵のことではなかったのです。

姉はやがて、両親の作ったこの小さな女学校で学ぶようになりました。その頃には、ある程度学校としての体裁が整っていて、全員共通したテキストを用い、かなり高度なレベルの授業も行えるようになっていました。集う女学生たちも、はっきりとした目標を持ち、学ぶことに熱心な方たちばかりでした。彼女たちを幻の第一期生、いや、ゼロ期生とでも呼べばいいでしょうか、その中でも、姉は学びたいという思いがひときわ強かったのです。よそでボンクラ学生をやっていた私などよりも、よほど。意欲もあったし努力家で、聡明かつ優秀な姉でした。その上、たいへん美しい女性でした。

おっと、身びいきが過ぎましたかな。私の悪い癖ですが、今さら改めるつもりはありません。

さて、話を戻すと、その始まりの小さな学校では、父が理事長から教師から事務から経理から、何もかもを務めていました。もちろん姉も、学生であると同時に、欠かせない職員でもありました。家族経営そのもののような状態でしたから、私も他の大学に通う傍ら、しょっちゅう呼び出されては、なんやかやと細々とした用事を言いつけられていました。体《てい》のいい雑用係ですな。従って、私も当時の学校の様子をよく知っていました。女学生達は皆、学べる喜びで常に生き生きとしていて、まさに輝くようで、多感な若造の私には、ただただまぶしいばかりでした。

そうして一年が経った頃、降って湧いたように、姉に縁談が舞い込んできました。お相手は、川上の村に住む、裕福な農家の跡取り息子でした。何でも地元のお祭りの時に姉を見初《みそ》めたということで、それはもう熱心に姉を望んで下さったということです。学校創立にあたり、たいへんお世話になっている方が間に入って下さったこともあり、すぐさま見合いをするという運びになりました。

戦中戦後の食糧難の記憶も生々しい頃のことです。農業のありがたさ、大切さは身に沁みていましたし、父などは、「このお話をお受けしたら、おまえは一生、食べるに困らないね」など姉に向かって珍しく軽口を叩いておりました。実際にお会いしてみたら、お相手の寺田《てらだ》氏は体も大きく、とても誠実そうな青年で、そんな方に熱烈に求婚されたのですから、姉としても悪い気がしようはずもありません。

ただ姉にはやはり、学業を中途で投げ出したくないという思いが強かったのです。それで、あと二年ほど待ってもらえないかとお伝えしました。すると先様は、そんなには待てない、どうしても学校に通いたいと言うなら、毎朝舟に乗せてあげるから、どうかすぐにも嫁に来て欲しい……と説得され、姉としても、そこまで望んでくれるならと、めでたく寺田家に嫁いで行ったのです。

良いことは続くもので、この頃、父の念願の女子大設立も、多くの方のお力添えもあり、にわかに現実味を帯びてきました。父は毎日、文字通り駆け回り、私も父の手伝いに日々駆り出されておりました。それまでは姉がやっていた、事務的な仕事もすべて私に回ってきましたし、男二人所帯になった家のことも最低限はやらないわけにもいかず、まったくてんてこ舞いでした。姉がしてくれていたことの大きさを、改めて思い知った次第でした。

そんなこんなで数ヵ月が経ちましたが、姉はいっこうに私塾に現れませんでした。最初のうちは、嫁ぎ先で覚えることも多かろうと父も私も思っていました。しかし、さすがにあまりに間が空くのも学問を修める上でよろしくないだろうと、父と相談し、出入りの業者に、言づてを頼むことにしました。「そろそろ私塾に戻ってはどうか」と。できれば山ほどの仕事を少しばかり手伝ってもらえればありがたいという下心も、あったように思います。

あちこちに出向いて商売をしていたその方は、姉のこともよくご存じでしたので、快く頼みを引き受けてくれました。ほどなく姉の嫁ぎ先から戻ってきた彼は、会うなり「おめでとうございます」と言ってにっこり笑いました。

姉は子供を身籠っていて、ひどい悪阻《つわり》のために身動きが取れなくなっていたのです。

そういうことなら仕方がない。姉は元気な赤ん坊を産むことが、そして我々は立派な学校を作ることが仕事だなと、父と言い合いました。私の場合は、本分は学生であり、勉学のはずだったのですが、当時の優先順位はあくまでも、新しい女子大の創立にありました。

一つの学校を、まったくのゼロから立ち上げていくという、大きな仕事に関われたことは、私にとって大きな意味を持っていたと思います。既にできあがったものを、ただ父から受け継いだというだけでは、これほどの思い入れを萌木女学園に対して抱くことができていたかどうか……。我が校は、父にとっても、私にとっても、家族同然と言っても過言ではないのです。

ただ、その為に、と申せばやはりそれは言い訳になりましょう。目の前の重大かつ大変な仕事に忙殺されるあまり、我々は姉の存在をすっかり失念してしまったのです。はたと気づいたとき、産み月までもうふた月ほどに迫っていました。それも、私塾の女学生から、「千尋さんは里帰りされるのですか？」と尋ねられて初めて、そうだ、姉はどこで赤ん坊を産むのだろうと気づいた体たらくです。

産前産後の世話を喜んで引き受けたであろう母は既に亡く、父と私に充分なことができるとも思えません。けれど件《くだん》の女学生は、「それでも嫁ぎ先ではなにかと気を使うでしょうし、気の利かない男二人でも、家族なんだから気軽に頼み事ができるじゃないですか。何なら私も手伝います」と主張し、姉に希望を聞いて来いとせっついてきます。姉を大変慕ってくれている彼女の言葉を無下にもできず、その言い分ももっともなので、ならば近いうちに会いに行くかと決めた折り、姉の嫁ぎ先、寺田の大旦那様が亡くなられました。姉の夫の、お祖父様に当たる方です。父は当然、ご葬儀に駆けつけました。このような機会ではあるが、姉の様子も見られるなと申しておりました。ところが会葬を終えて戻ってきた父は、ひどく難しい顔をしておりました。

「……子供は駄目になっていた」

寝耳に水のその言葉に、私も驚いて、「え、いつですか？」と聞き返しました。

もうずいぶんと前のことらしい、との父の返事でした。姉は自分の不注意のせいだと気に病んでいて、自分が至らないせいで皆様にご迷惑ばかりかけてしまうと、とても辛そうだったそうです。

「……励ますくらいしか、できなかったよ」と父は言っておりました。「母さんが生きていてくれたらなあ」とも。

確かに、こうしたとき、男二人では、どうしたらいいのかもわからないのです。実際、遠くで案じ、そっとしておくくらいが関の山でした。いずれ落ち着いたら、姉の方から連絡をくれるだろうと、また忙しい日々を過ごしておりました。そうこうするうち、姉からは存外元気そうな葉書も届いたので、ほっと胸を撫で下ろしたものです。

そんな中、一人の女学生が訪ねてきたのです。姉の里帰りはどうするのだと、心配してくれた例の女性です。玉川《たまがわ》さんというお名前でした。いつもは大変賑やかで明るい方なのですが、その時はやけに深刻な面もちでした。そして父と私に、言うのです。

「千尋先輩が、助けを求めている気がするんです」と。

元々、いかにも若い女性らしく、物事を過剰にロマンティックだったりドラマティックだったりな方向に受け止めがちな人でしたので、申し訳ないのですが、私達にしてみれば、また始まった、という思いでした。

「これを見て下さい」と深刻な顔で玉川さんが差し出したのは、一枚の葉書でした。

「千尋先輩からいただいたものです」と。

手に取って見てみると、よく知っている姉の美しい筆跡で、内容はと言うと、単なる礼状のようでした。

たまちゃんへ

素敵な贈り物をありがとうございました。結婚以来、なかなかお会いする機会もありませんが、どうぞお元気でお過ごし下さいます様に。

寺田ちひろ

文章はそれだけで、余白には手描きの絵が添えられていました。

「……特におかしなところもないようだけど？」

首を傾げたら、彼女は憐れむように私を見返してきました。

「本気でそうおっしゃっていますか？　いいですか、この文章の頭を一文字ずつ拾ってみて下さいよ。〈タスケテ〉となるじゃありませんか！」

言われて読み返すと、確かにそうはなりますが、そもそも四文字のうち、最初の文字は宛名で最後は差出人名です。

「偶然じゃないですか？」

父も笑ってそう言っていました。

するとと玉川さんは、よりいっそう深刻な顔で言うのです。

「でも、描いてあるのはよりによって、ホオズキの実ですよ？」

これまた大いに首を傾げるしかない発言でした。

「それが何か？　もうじきホオズキ市も立ちますし、姉が手紙や葉書に季節のちょっとした絵だの和歌だのを添えるのは、玉川さんもご存じでしょう？　先日うちに来た葉書にも、確か竜《りん》胆《どう》の花が描かれていましたっけ」

すると玉川さんは、地団駄を踏みかねない勢いで、我々をキッと睨みつけました。

「竜胆！　花の時季にはまだ早いし、その花言葉をご存じですか？　〈悲しんでいるあなたが好き〉ですよ。あまりにも不吉じゃありませんか？　それにホオズキの花言葉は、〈偽り、欺き、誤魔化し〉……」

「花言葉って……」

思わず笑うと、玉川さんは「でも」と言いました。「千尋先輩は、とてもお詳しかったんです。それに……」少し言いよどんでから、彼女は続けました。「ホオズキの根っ子は昔から、堕胎薬として使われていたんですよ？」

姉の子供が駄目になったことは、彼女も承知しておりました。とは言え、あまりに突飛な言葉でしたので、思わずまた笑ってしまいました。逆に父は幾分、不愉快そうな様子でした。「君、想像力が豊かなのは結構ですが、過ぎると誹謗中傷と取られかねませんよ。滅多な発言は慎むべきです」

父に諭され、しょんぼりとする彼女を、私は家に送っていきました。道々、「うちに届いた葉書ですが、寺田の家でとても良くしていただいているとのことでしたよ」と教えてあげたので、玉川さんもどうにか安心してくれたようです。

そうして、八月に入ったばかりのある日、事件がありました。

川下の村で、川岸に遺体が流れ着いたのです。

前日の大雨で、水かさはかなり上がっていました。台風や集中豪雨で川の水が氾濫し、命を落とす人が出たことは、それまでにも幾度かありました。だから話を伝え聞いた際にも、ああ、気の毒なことだなと、そう思ったきり後は忘れておりました。

しかし翌朝になって、使いの人がやって来ました。遺体を検分した医師は、父のごく親しい友人でした。当然、家族ぐるみでお会いしたこともあります。その医師が、おっしゃっていたそうなのです。

どうも背格好や顔立ちが、そちらの千尋さんに似通っている、と。

まさかそんなと信じがたい思いで、私達は現地へ駆けつけました。安置されていた遺体を、最初は別人だと思いました。姉はこんなに痩せ細っていなかった。手も足も、白くて柔らかだった。こんなふうに、骨が浮いて見えるような、しかも傷や痣だらけの手足の持ち主が、断じて姉であるはずがない……そう思いました。

信じたくない、信じられないとのぞき込んだその顔は、しかしやはり私の姉でした。ひどく痩せこけ、落ちくぼんだ瞼《まぶた》のその顔は、けれど間違いなく、あの聡明で優しい姉なのでした。

「申し上げにくいことだが」と医師は言いました。「その傷や痣は衣服の内側にもあり、すべて生前につけられたものだと思われます……」

深い悲しみと衝撃のあまり、その言葉の意味も理解していませんでした……その時には、まだ。

父と寺田家の間で、どのような話があったか、詳しいことはわかりません。葬儀も墓もすべてこちらにお任せいただきたい、という、普通なら非常識な申し出は、拍子抜けするくらいあっさりと受け入れられたそうです。姉の夫だった人は、形ばかりの焼香に訪れ、そそくさと帰っていきました。目を真っ赤に泣きはらした私塾の仲間達の方が、よっぽど情があったと思います。中でも玉川さんの嘆きようは、そのまま後を追ってしまうのではないかと、心配になったほどでした。

そして最後に焼香を済ませた青年が、私達は見知らぬ方でしたが、いきなり両手をついて私達に頭を下げられたのです。そして男泣きに泣きながら、絞り出すようにこうおっしゃいました。

「娘さんをお救いできず、申し訳ありませんでした」と。

その方は、川上の村の大きな病院で、見習いのような立場の医学生でした。葬式の後、その彼から詳しい話を伺って、私達は愕然としました。

姉は嫁ぎ先で、ひどくいじめられていたのです。

姉はしばしば、大旦那様や大奥様の付き添いという形で、その病院を訪れていました。大旦那様は足が悪く、車椅子に乗っていました。車椅子は戦後、傷病兵が多く帰還したことから急速に需要が増え、徐々に普及していきましたが、当時はとても重くて、操作も困難でした。姉が段差などで困り果てているところに、その医学生が出くわし、手助けをして下さることが幾度かあり、顔見知りになったそうです。

ところがそのうちに、付き添いに年かさの女や、三十くらいに見える女が付いてくるようになりました。後でわかったそうですが、姉の夫の母親と、姉でした。姉の義姉は、事情があって嫁ぎ先から戻ってきていたようです。

最初、ああ、女性でも二人がかりなら、段差で困ることもないなと思って医学生は安心したそうです。が、それも束の間、共にいた年かさの女性はさっさと先に行ってしまい、まったく手伝う素振りも見せない。いつもと変わらず難儀している姉を見かねて、「手伝いましょう」

と近づいたら、その女性、すなわち姉の姑はキッと振り返り、「うちの嫁を甘やかさないでいただきたい」ときつい口調で言ってきたそうです。

次の診察には姑と瓜ふたつの義姉がやってきて、まったく同じような口調で同じような事を言ったとか。そして後日、彼は病院の院長に呼び出され、お叱りを受けることになります。

「寺田の若奥さんに色目を使うとは何事だ」と。

それでようやく、寺田の女たちの嫌な態度が腑に落ちたわけですが、その場では誤解である旨を告げるのが精一杯だったそうです。

以来、姉が困っていても見て見ぬ振りをせざるを得なかったと、申し訳なさそうにおっしゃっていました。ただ、遠目にも姉が表情を無くし、顔色が悪くなっていくのがわかり、ずっと気がかりだったそうです。

看護婦達の噂話から、寺田家が村のあらゆるところで顔が利き、また、役場だの郵便局だの信金だのの主要ポストに一族の者が就いている、相当な名家であることはわかっていました。本家に嫁いできた若い嫁が、ひどくいびられているともささやかれていました。それは、病院でのあの様子を見れば、誰の目にも明らかでしたが。寺田の人たち、特に大旦那様は、女には学問は必要ないと公言していたらしいです。私塾に通わせるという話も、姉に結婚を決意させるための単なる方便だったのでしょう。

看護婦の噂話は概《おおむ》ね、姉に同情的だったようですが、院長が完全に寺田家サイドに立っていたため、誰一人、姉に近づいたり慰めたりする者はいなかったそうです。姉が子を宿して病院を訪れたとき、婦長がぽつりと、「跡継ぎが生まれたら、今の状況も少しは良くなるかもしれないわね」と漏らしていたのを聞き、本当にそうなってくれればと、彼は思ったそうです。しかし、現実には、ひどく具合の悪そうな様子の姉が、真っ青な顔で今まで通り、車椅子を押して病院にやってきました。その後ろには、「病気じゃないんだから、さっさと歩きなさい」と、相変わらず何ひとつ手伝うつもりのない姑や義姉の姿がありました。

姉が何かの中毒で病院に運ばれてきたのは、それから間もなくのことでした。

「卑しく何か拾い食いでもしたんじゃないの？」

形ばかりに付き添っていた義姉が、そんなことを言っていたそうです。そして彼の視線に気づき、ふと気まずげな表情を浮かべ、さっと目を逸らしたそうです。

その瞬間、彼は悟ったと言っていました。この女が、何かしたのだ、と。

入院した姉のところに姑がやって来て、「まったく、まともに子を産むこともできないとは」と罵倒しているのを見て、子が流れたことを知ったそうです。病室の前を通りがかった時、姉が声を殺して泣いているのが見え、胸が苦しかったがどうしてあげることもできなかったと、歯噛みするようにおっしゃっていました。

その後、寺田の大旦那様が亡くなり、彼が姉を見かけることもなくなりました。看護婦達の噂話にも、姉のことがささやかれることは減っていったそうです。

考えるのも辛いことですが、この医学生の証言は、姉が受けた苦しみの、おそらくはごく一部に過ぎないのでしょう。あの傷や痣を見るに、日常的な暴力も受けていたに違いないのです。

望まれて嫁いで行ったはずなのに。幸せになれると信じて送りだしたはずなのに。誰からも好かれていた、聡明で朗らかで優しい姉が、なぜそんなことになってしまったのか……。けれどあの残酷な八月は、逃れようもなく私達の前で突如として牙をむいたのです。

姉が亡くなったという事実さえ、受け止め切れていませんでした。哀しいという当たり前の感情さえわき上がることなく、ただただ、呆然としていました。そこへ、医学生の青年によって、姉の死が、不幸な事故などではない可能性を突きつけられてしまったのです。

当然、強い憤りを覚えましたが、さりとて何をどうするわけにもいきませんでした。遺書のようなものはありませんでしたが、姉の死に、事件性はありませんでした。増水した川にかかる橋の上で、長いこと河面を見つめる姿を、複数の方に目撃されているのです。寺田の家へ抗議に行ったとて、至らない嫁の躾《しつけ》をしただけだと言われるのは、目に見えています。また、事を荒立てるのは、大学の創立に関してお世話になっていた方の面目を潰すことでもありました。いや、それ以前に、姉の死に関して、「信じられない、信じたくない」のあたりで思考がストップしていて、何か考えたり、行動したりすることが、とてもできずにいたのです。

葬儀の後、私はしばらく木偶《でく》のようになっていました。父はひたすら、自分を責めていました。

「最後に会ったとき、あの葬儀の席で、私はあの子に頑張れと言ってしまった……辛いと泣いていたあの子に、そんな残酷な言葉を投げつけてしまった……」と。姉が最後に送ってくれた葉書を手に取って眺めて、はらはらと涙をこぼしていました。

私は何とか慰めようと言葉を探しましたが、見つかるはずもなく……ただぼんやりと見つめるしかなかった父の顔が、ふいに強張《こわば》りました。そして取り落とすように葉書を机の上に置き、そのまま両手で顔を覆ってしまいました。

私は恐る恐る、その葉書を手に取りました。それを見た瞬間、雷鳴のようにして、玉川さんのいつかの言葉が甦っていたのです。なんと想像力豊かなと、父と同様に思い、笑いさえした彼女の言葉を。

その葉書の文面は、今でもはっきりと覚えています。

たいへんご無沙汰いたしております。少しばかり体調を崩しておりましたが、どうぞご心配いただきませんように。健康に楽しく過ごしております。寺田の皆様には、本当に良くしていただいており、私は幸せ者でございます。

「幼き日の弟を思いて」
川遊び　舳先に立ちて　竜胆を　手折りし君は　何処へと消ゆ

かしこ

そして黒一色で描かれた、竜胆の花。
視界の中で、その絵がぐにゃりと溶け崩れたような、そんな錯覚を覚えました。

なんてことのない、当たり障りの無い葉書の文面。特に取るところのない、凡庸な和歌。おそらくそんな風に思い、文面のぎこちなさにも気づかず、元気ならば良かった安心したと、無造作に読み捨てていたその葉書。

玉川さんがそうしたように、文章の頭の一文字だけを拾っていくと、確かに「タスケテ」と読み取れてしまうのです。しかもその後に添えられた和歌。

かわあそび　へさきにたちて　りんどうを　たおりしきみは　いずこへときゆ
かへりたい……帰りたい。

――助けて、帰りたい……。


その折句は姉の、悲痛な叫びでした。

寺田の一族は、郵便局にもいるということでした。おそらく姉が出した手紙は、すべて開封されてしまっていたのでしょう。そうと気づいた姉が、必死の思いで真意を隠した二通の葉書だけが、卑劣な検閲をくぐり抜け、我々父子と玉川さんの元へ届いていたのです。

玉川さんは姉の意をくみ取って、うちへ飛んできてくれたというのに……私達親子の鈍感ぶりときたら……当時の自分を殴りつけたい思いです。

何が、女性が安心して学べる場を作りたい、ですか。笑ってしまいますよね。大切な仕事だ、高邁な使命だと、日々を忙しい忙しいと蜘蛛のように飛び回り、肝心な物が目に入っていなかったのです。嫁いで行った姉の事なんて、これっぽっちも気にかけていませんでした。それどころか、肝心なときにこの場にいないことを、忌々しくさえ思っていたようにも思います。

とんだ大馬鹿者です。世の女性達のためにといいながら、一番身近で、一番大切な女性のためには、何ひとつしてやれなかったのですから。

——姉の救難信号に、即座に反応できてさえいれば。

せめて、玉川さんが来てくれた時に、姉の葉書を取りだして、読み返してさえいれば。寺田の家がなんと言おうと、姉を取り返しに行ったでしょうし、そうすれば姉は死なずに済んだかもしれません。あんな最悪の形で戻ってくることもなく、今、この場にいてくれさえしたかもしれないのです。

けれどすべては、後の祭りです。いくら悔いても、歯嚙みしても、時は戻りません。起こってしまった事は、取り返しがつかない。死んだ人間は、二度と生き返らない……だから、恐ろしいのです。

7

そこまで話して、角田理事長はすっかり冷めてしまった白湯で喉を潤した。

教卓の後ろに椅子を置き、ちょこんとまん丸い顔を覗かせるように学生達と向かい合って座っている。

彼が話し始めた頃には、まるで日の出のようにおめでたい光景だわと思った学生もいたけれど、今はくすんくすんと鼻をすする音が響いている。

「――その後、父と私は」と角田理事長は話を続けた。「ただひたすら、萌木女学園の創立に向けて邁進し続けました。そしてついに翌年の四月から開校という目処《めど》が立ち、私塾の方は一度解散という形になりました。そこでまだ暑い盛りではありませんでしたが、私塾最初で最後の卒業式を執り行ったのです……つい先ほどまで、皆さんが華麗なダンスを披露していたあの場所で。

あの日も、花壇にはたくさんのひまわりが咲いていました。戦時中は油を取るために、ひまわりの栽培は盛んでしたからね。その名残から、ひまわりはあちこちで見事な花畑を作っていたのです。

父が精一杯のしかつめらしい顔をして、『全員、揃いましたね』と申しましたら、すかさず玉川さんには噛みつかれましたよ。『揃っていません』とね。当たり前のことですが、私達親子が許しがたかったのでしょう。玉川さんには、事情をお話ししていましたから。彼女だけが我々を糾弾してくれて、おかしな話ですが、それがわずかな救いとなっていました……もっとも、それ以降、彼女が姉のことで私達を責めることはなかったのですが。

あの場の誰にとっても、あのささやかな卒業式は区切りだったのだと思います。

その後、塾生達は、そのまま新しい学校の第一期生となった者、嫁いで行った者、仕事に就いた者、家業を継いだ者と、行く末は様々です。

――さて」

と言葉を切り、角田理事長はその柔和な瞳に強い光を灯した。

「年寄りの長い昔話を真剣にご静聴いただき、ありがとうございました。そろそろ総括に入るとしましょう。

この話の教訓は、家族は時に、ウィルスや悪性腫瘍と同じく、人を蝕《むしば》み、病ませてしまう、という事です。

寺田家で行われていたのは、卑劣でありながら、非常にありふれた、よくある行為でした。時代や地域は、関係ありませんね。誰か一人、もしくはごく少数を犠牲にすることで、万事が円滑に進むコミュニティが作られてしまう。多数の側だけが、安全で安心で気分がよくて幸せ。まさしく今も学校や職場や、その他多くの場で現に行われている、いじめの構図そのものです。

私達は寺田の人々を憎み、恨みましたが、それらはすべて我が身へと跳ね返って来る呪いでもありました。我々とて、姉を殺してしまった共犯者のようなものなのですから。

そう、時に家族は、同じ家族の一員を追い詰め、病ませ、最悪殺してしまいます。母原病、夫原病などという言葉を耳にしますが、科学的、医学的根拠はともかくとして、そのような言葉が生みだされる背景には、厳然たるそうした事実がありましょう。ただ、こうした新しい言葉自体が、今度は母親や夫たる人たちを傷つける場合もあるでしょうから、刃物同様、言葉の扱いには厳に気をつける必要がありますが……。

ともあれ、問題はいじめばかりではありません。過剰な愛から束縛したり、自立を妨げたり、支配下に置き完全にコントロールしようとしたり。距離が近すぎる故《ゆえ》に軽視したり、見下したり、果ては憎んだり。言葉や実際の暴力を加えたり。また、相手を罵倒し、貶めることで、自らの優位性を示そうとしたり。金銭的、あるいは性的に搾取したり。もし、そうした人間が身内にいれば、それは多大なストレスとなります。ストレスは与えられるばかりではありません。自らが、気づかないうちに家族の誰かにストレスを与える場合だって、きっとあるでしょう。よく知られている通り、ストレスは様々な心身の不調のトリガーとなります。そこから発射された弾丸は、やがては人の命を奪うことになるかもしれないのです。

私の昔話を教訓とするならば、死に至るほどのストレス源なら、逃げるが勝ち、といったところでしょうか。

姉はどんなことをしてでも、嘘をついて誰かを騙してでも、婚家を逃げ出すべきだったのです。嫁いでからも私塾に通わせるという約束を、反古《ほご》にされた時点で。尊厳を傷つけられた時点で。心身への暴力行為を受けた時点で。決意すべきポイントは、いくらでもありました。ボンクラで鈍感な身内なんて当てにするべきじゃなかった。追い詰められ、心を壊されてからでは遅すぎるのです。その果てにある出口は、増水した川の混沌と濁った水面《みなも》にしかないのですから。

未曾有《みぞう》の災害の時に、気象庁は言いますよね。命を守る行動をして下さい、と。ここで私があなた方に伝えておきたいのも、そういうことです。もう駄目だ、耐えられないと思った時、自分の足で逃げられる力を、今のうちに育てて下さい。そして、自分の言葉で、直接『助けて』と言える人を探して下さい。我と我が身を救うための、知恵と勇気を身につけて下さい。

私はあなた方に、なによりもそれを望みます。

――以上、ご静聴ありがとうございました」

長い話を終えて、理事長はぺこりと頭を下げた。

教室はしんと静まり返り、しばらく、誰も、何も言わない。

と、すっと一本の手が挙がった。

「少し、質問よろしいでしょうか？」

「おや、喜多川さん。何でしょう？」

理事長は不思議そうに小首を傾げた。

怪訝《けげん》に思ったのは、他の皆も同じだろう。この喜多川菜々子に関してだけは、理事長の姉のように哀しい結末を辿る心配はなさそうだったから。図抜けた知力体力に加え、圧倒的なまでの対人スキルを備えている菜々子なら、人に助けを求めるまでもなく、自力で事態を強行突破してしまいそうだ。

その菜々子は、いたって生真面目な口調で言った。

「お話に出て来た玉川さんという女性は、もしかして、下のお名前を松子さんとおっしゃるのではないですか？」

誰も予想していなかった質問内容に、学生達はきょとんとし、それから一拍置いて数人が「キャー」と叫んだ。理事長の奥様の名が、松子さんなのだ。

「それから……」と菜々子は理事長の返事を待たずに質問を重ねる。「病院にいらした医学生は、ひょっとして、湯本先生？」

今度は全体的には「おー」という声が上がり、一名のみが、「キャー」と叫んだ。

角田理事長は穏やかな笑みを浮かべ、菜々子を見返した。

「おや？　なぜそう思いました？　私の昔話に、そんなことを示唆する内容がありましたか？」

「いえ、ありませんが……」艶やかに微笑み返して、菜々子は言った。「強いて言えば、女の勘というやつです」

そう言い切った彼女を見て、やっぱ喜多川さんってスゴイわと、学生の大部分が思った。理事長は相変わらずニコニコ笑いながら、「それは言わぬが花というやつでしょうね。ただ、強いて申し上げるなら……出会った頃から今に至るまで、私は妻に頭が上がらないのですよ。そして、湯本先生は、私のもっとも古くて大切な友人です」と言った。

「さて」と理事長は学生達を見回す。「他に質問がなければ、そろそろ昼食の時間ですので……」

おずおずと別な腕が上がり、理事長はまた少し意外そうに小首を傾げた。

「何でしょう？　清水さん」

清水玲奈は、細い傷だらけの腕をそっと下ろした。

授業中、玲奈が自発的に挙手して発言する姿勢を見せたのは、今回が初めてだった。

「……あの、もし……」

「はいはい」

「もし、先生がおっしゃるように、命を守る行動をして、逃げて……でも、どこにも行く先がなかった場合。あの……またここに帰ってくることは、やっぱり難しいですか？」

他の学生達が一斉に息を呑む中、皆が意外に思ったことに、最初に発言したのは細井茉莉子だった。

「気持ちはわかるけど……すごくよくわかるけど、でもそれは言っちゃ駄目だよ、玲奈ちゃん。先生は私達にこれだけのことをしてくれているでしょう？」

この真夏でさえ寒そうに見える茉莉子だが、その声と口調は温かい。

「そうだよ」と続けたのは、綾部桃花である。「自分も、ほんとに、気持ちはすごくよくわかるけど、でも、それは無理なんだよ。だってこの学校は、もうなくなっちゃうんだし、これ以上、甘えるわけにはいかないよ……自分で、自分だけで、なんとかしないといけないんだ……もう、大人なんだから」

ぼそぼそと、懸命に言葉をたぐり寄せるように、桃花は言う。彼女がこれだけ長く話すのを、その場の誰もが初めて聞いた。

いつもは極端におとなしく、気配をできるだけ消そうと努めているかのようなこの二人が、今、敢えて口を開いた理由を、皆は理解していた。

この二人もまた、玲奈と同じようなことを考えたのだ。このまま家に帰らず、卒業もせず、ずっとここにいたいと。ふとそれを望んでいる自分に気づき、そしておそらくは何度も打ち消してきたのだろう。

だってそれは、到底不可能な願いなのだから。

角田理事長は己の禿頭《はげあたま》をつるりと撫で、「ふむ」と少し考えるように言った。

「……これは、現時点で言うつもりはなかったのですが……実は、この萌木寮が建っている敷地と、公道までの土地だけは、売らずに済んだんですよ。例の宗教法人さんと交渉して、結局そういうことになりました。代わりに自宅は売却しますけれどね。ここも存外住み心地は悪くないので、あなた方の卒業後は若干手を入れまして、このまま住み続けることにしたんですよ。それで夫婦二人だけで住むにはいささか広いので、私設老人ホームと言いますか、今風の言葉で言えばシェアハウスですかな、そういう風にしようと、計画しています。去年、あなた方の為の臨時講師を集めるために、我が校定年退職者の集いをやったんですが、私が半ば冗談で口にしたそんな構想に、思いの外、食いついてくる連中がいましてね、段々現実味を帯びてきたような次第で。ま、男やもめだの独身貴族だの、そういう連中ですよ。

それとは別に、学校は畳んでも、卒業生、同窓生の方々は大勢いらっしゃるわけで、責任上、事務局のようなものは一定期間は残しておかねばなりません。当然、私が居住するこの寮にその機能を置くことになります。卒業生は自動的に萌木会という同窓会に入会することになりますが、その会との連絡窓口になるわけです。皆さん、就職やご結婚、転居などで刻々と状況が変わりますから、そうしたデータ管理や、残しておかねばならない学校ホームページの管理など、私と妻だけでは手に余る仕事も多くあります。卒業記念樹の移植も、可能な限り早急に行わねばなりません。こちらに関しては、あまり育ってしまった木はもうお手上げですが……。

さらに、新生萌木寮自体の運営が大仕事です。予算管理から物資の調達、施設管理、食事の提供に清掃にと、専任の職員を雇わねばとても立ちゆかないでしょう。しかし何しろ年金生活者による、吹けば飛ぶような運営母体です。仕事はどっさり、お給金はぽっちり、といったようなわけで。求人をかけようと考えていますが、さて、こんなブラックな職場に果たして人が来てくれるかどうか」

角田理事長は、いやはや、とばかり大仰に首を振った。そこへすかさず、清水玲奈がまた手を挙げる。心なしか先ほどよりも勢いが良かった。

「あの、その求人は、住み込みもありですか?」

「まあ、そこら辺は応相談といったところでしょうが、あまりおすすめはいたしませんね。住み込みの場合は当然寮費をいただくことになりますが、それでなくとも雀の涙のお給金が、吹き飛んでしまいかねませんから」

表情豊かな丸い顔に憂いの色を乗せつつ、理事長は言った。だが、それを聞いた玲奈はどこか嬉しげである。

「しかしよろしいですか?」やや厳しい口調で、角田理事長は続けた。「この計画はあくまでも、期間限定のものです。私達年寄り組のルールとしては、自分で身の回りのことが覚束なくなってきたら、各自で準備しておいた施設に移る、ということを大前提としています。そしてもし、この寮の職員募集に、うっかり前途ある若者が応募してきたとしたら、彼らには私達とは逆のルールが適用されます。身の回りのことはもちろん、寮での仕事が問題なくこなせるようになれば、外に出て、もっと真っ当なお給金を取れる仕事に就くことを強くすすめます。この寮には、就業相談窓口の機能を残します。すべての卒業生が対象です。過去、高い就職率を誇った我が校の、ノウハウだのコネクションだのを総動員して、皆さんが希望通りの仕事に就けるよう、全力でバックアップしていくつもりです」

「……もし、いつまでも寮での仕事をまともにこなせなかったら？」

おずおずと玲奈が尋ねたのに対し、理事長はにっこり微笑んでうなずいた。

「はい、その場合は、より早く退職を促されることとなりますね。あくまで仕事なのですから、そうそう甘くはないのですよ」スパンと刃物を落とすように答え、理事長はパンパンと手を叩いた。

「――さあ、私の話はこれでお終いです。我らが寮母さんが待ちくたびれていますよ。皆さんどうぞ、昼食準備にかかって下さい」

8

九月の陽光に、秋の気配はかけらも含まれていなかった。

煤けた古い建物から、女学生たちがぞろぞろ出てくる。強く熱を持った光に、皆一瞬顔をしかめるが、総じて神妙な面もちだ。

建物の前には、丈高いひまわりが、びっしりと植えられていた。黄色く巨大なその花を背にした女学生たちを、ごく少数の関係者が出迎えた。

「全員、揃いましたね」

角田理事長が、丸く柔和な顔に精一杯の威厳を乗せて、静かに言った。

唇に微笑みをたたえて、全員がうなずく。

「はい、全員、揃いました」

一つ、大きく息をついてから、理事長は答えた。

「それは、何よりです。それが、何よりです」

うなずくように繰り返し、角田理事長は「さて」と言った。

「今年の三月末をもって、我らが萌木女学園はその役目を終え、いったんその長い歴史に幕を下ろしました。本当なら今頃は残務処理も終了し、感慨だの寂寥感だのを覚え、しみじみと隠居生活に入っていたところなのでしょうが……。あにはからんや、あなた方がカーテンコールよろしく、舞台に居残ってくれたおかげで、こちらとしては寂しいとか、無念だとか、思う暇もありませんでしたよ……。まったく残念至極、迷惑千万な話であります。この半年近く、老体に鞭打って、私生活のすべてをあなた方に捧げる思いで、押しつけがましくも粉骨砕身して事に当たって参りました。父より学園を受け継いで以来というもの、これほど難儀でやっかいな仕事はありませんでした。

――そしてまた、これほどに充実した日々もありませんでした！

――この卒業式は、我が萌木女学園最後の卒業式であり、私にとって特別な卒業式でもあります。

ご覧の通り、私の腕はとても短くて、掌《てのひら》もとても小さいのです。特別な縁あってこの学園に入学して下さった学生すべてを、さらに押し上げ、彼女たちの思う幸福に、一歩でも近づけてさし上げたい……そう願っているのに、指の間から止めようもなく、大切な学生達が一人、また一人とこぼれ落ちていきました。救いを求めながら落ちていくような学生を、支えることも、受け止めることもできませんでした。そもそも、手が届いてさえいなかった。そんな、忸怩《じくじ》たる思いがあります。

学校が大きくなり、学生の数が多くなればなるほど、中途退学していく者も増えていきました。それは経済的な事情だったり、身体的な事情だったり、理由は様々です。ご家族に不測の事態が起きた場合もあるでしょう。学生ご本人が不幸にも亡くなられてしまったことも、過去には幾度もありました。数ある学校の中から、我が校を選んで入学してくれた若い娘さんたちを、一人も欠けさせずに卒業させられた年なんて、結局一度たりともなかったのです。

それは極めて遺憾なことではありますが、やむを得ないこと、どうしようもないことだとも思っていました。なにしろ父の代、まだ一人一人に気を配ることができたはずの始まりの頃から既に、とても貴重で大切な宝石を取りこぼしてしまっているのですから。

父の後を継いでより幾星霜、ただの一人も欠けることなく、お預かりした学生さんを間違いなく卒業させることができたのは、なんと情けない事に、この度の卒業式がまったくの初めてなのです……元より、私一人の小さな掌、私ごときの器量では、このくらいの人数が精一杯だったのかもしれません。

私が今、どれほど喜ばしく、誇らしく、めでたく思っているか、皆さんには想像もつきますまい。皆さんそれぞれが、それぞれの事情を抱えておられる中、よくぞここまで付いてきてくれました。在学中、そしてこの寮生活で、辛いこともあったでしょう。不自由や不満もあったでしょう。けれど今、ここに並び立つ皆さんの表情を見るに、決して嫌なことばかりでもなかったのではないでしょうか。この半年足らずの間で、皆さんが得たものは、卒業に必要な単位の他にも、きっと何かあったはずだと、私は心より信じております。

それは各人でそれぞれ異なるものでありましょうが、私が胸を張って一つ、これだけはと申し上げられるのは、〈以前よりも少しだけ健やかな肉体〉であります。規則正しい生活、きちんと管理された食生活、毎日必ず太陽の光を浴びて、適度な運動をする。極めてシンプルですが、これがすべてです。大部分の者は、この基本的なことができていませんでした。半ば強制的に生活習慣を改めさせてしまったわけですが、願わくば、卒業後もここでの生活を忘れないようにしていただきたいのです。

ハタチを過ぎたあなた方の体は、あなた方自身が作ってきたものです。あなた方が選んで飲食したもの、あなた方が行ってきた日々の習慣によって、形作られているのです。あなた方は未来の自分に対して、きちんと責任を持つべきなのです。未来の自分に、過去の自分が選び、成してきたことを悔やませてはならないのです。

言っておきますが、我々の歳にもなれば、話は全然別です。我々が日々、向き合うのは過去の自分です。過去に自分が成してきたことの集大成が、今の我々なのですから。それはもう、歴史の教科書に載った年表のように、動かしがたい事実でしかありません。

しかしあなた方のように若い人が向き合うべきは、未来の自分です。二十年やそこらの過去なんて、今から充分取り返しがつきます。十年先、二十年先に自分がどうなっているか。どうなりたいか。すぐには答えが見つからなくとも、考え続けるのをやめないで下さい。

世の中には、早く大人にならざるを得ない人もいます。望まずして世間の荒波に放り出されてしまう人もいます。とにかく、あなた方はここでしばしの猶予をもらえたのです。それは実に、幸運な事ですよ。その点だけでも、親御さんには大いに感謝すべきです。

父と私で造り上げた萌木女学園は、あなた方の卒業をもって今度こそ、本当に幕を下ろします。あなた方はこれより新しい舞台に立ち、新しい脚本で、新しい人生を演じるのです。どうか失敗を恐れないで下さい。観客を恐れないで下さい。大丈夫。とちったくらいで死にはしません。恥なんて、かいてなんぼです。あなた方の舞台で、あなた方は間違いなく主人公なのですから。

最後に、あなた方の背後に並び咲く、ひまわりの花言葉を捧げます。ついこの間、うちの妻から聞いたんですがね。

『あなたは素晴らしい』

あなた方は、素晴らしい。過酷な灼熱の太陽の下で、すっくと天を仰ぐ大輪の花のように、とてもとても素晴らしい。

これは魔法の呪文です。これから先、何か困難に出会ったとき、自己嫌悪に陥ったとき、そっとつぶやいてみて下さい。

『私は素晴らしい』と。

そしてどうかひまわりのように、常に明るい方、暖かい方を目指して進んで下さい。そうすれば、そんなに大きく間違えたりはしませんから。

あなた方という、素晴らしい花たちと、学園最後の日を迎えられたことを、私は心より誇りに思います」

スピーチを終えて、角田理事長は感極まったように天を仰ぎ見た。それから胸ポケットから真っ白いチーフを取りだして、汗ばんだ広めの額をつるりと撫で下ろし、ついでのように目許をちょいちょいと拭《ぬぐ》った。

まだまだ暑い最中、きちんとスーツを着ている理事長とは対照的に、晴れの日の学生達はいつもと変わらぬラフな私服姿であった。しかしその面もちは神妙そのもので、その目は赤くなり、潤んでいる。

角田理事長はベンチに置いた水を飲み、そして続けた。

「さて、これから卒業証書授与式に移りますが……ここで皆さんに、少しばかりお願いがあります。大変プライベートな話で恐縮ですが、私の姉と孫娘を、皆さんと同席させてやって欲しいのです。私の孫娘は、美園という名のとても可愛い女の子でした。萌木女学園への入学を希望していたのですが、附属高校の受験を前に、病気で亡くなりました。生きていれば、皆さんと同期、同学年だったはずの娘です。そして姉もまた、創立する女子大への入学を希望していましたが、それが叶うことはありませんでした。

この日、これが最後の機会です。どうか、私のささやかな我が儘を、お許し下さい」

角田理事長は深々と一礼し、ベンチに置いた箱から額に入った二枚の写真を取りだした。そして皆に向き直って言う。

「私は証書を手渡さねばなりません。申し訳ありませんが、どなたかこの写真を……そうですね、附属高校出身で、出席番号一番の綾部さん、美園をお願いします」

綾部桃花はくぐもった声で返事をし、そっと写真を受け取った。理事長はもう一枚の写真を手に取り、言った。

「それから姉の写真ですが……湯本先生、お願いします。どうぞ、昔のよしみで」

校医の湯本先生は、少し驚いたような顔をしたが、すぐにいつもの温和な口調で答えた。

「はい、承知いたしました」

角田理事長は、写真を手にした二人と写真の少女達を一瞥し、満足そうににこりと微笑んだ。

それから、背筋を伸ばし、大きく息を吸ってから、朗々と響き渡る声で式次第を告げる。

「——それでは、これより卒業証書授与を行います。全員、礼」

初出

砂糖壺は空っぽ　『惑　―まどう―』（アミの会（仮））

萌木の山の眠り姫　「小説新潮」二〇一六年九月号

永遠のピエタ　「小説新潮」二〇一七年一月号

鏡のジェミニ　「小説新潮」二〇一七年三月号

プリマドンナの休日　「小説新潮」二〇一七年五月号

ワンダフル・フラワーズ　「小説新潮」二〇一七年七、九月号

カーテンコール！

著　者／加《か》納《のう》朋《とも》子《こ》

発　行／2017年12月20日

発行者／佐藤隆信
発行所／株式会社新潮社
郵便番号 162-8711　東京都新宿区矢来町71
電話・編集部03(3266)5411・読者係03(3266)5111
http://www.shinchosha.co.jp

印刷所／大日本印刷株式会社
製本所／大口製本印刷株式会社

ISBN978-4-10-351391-9　C0093
乱丁・落丁本は、ご面倒ですが小社読者係宛お送り
下さい。送料小社負担にてお取替えいたします。
価格はカバーに表示してあります。

迷　まよう

アミの会(仮)　大沢在昌　乙一　近藤史恵　篠田真由美　柴田よしき　新津きよみ　福田和代　松村比呂美

誰にでも、「迷う時」がある——。最強作家集団〈アミの会（仮）〉、四たび集結！　豪華ゲスト陣も迎えたスペシャルなアンソロジー、遂に誕生。全作品、書き下ろし。

惑　まどう

アミの会(仮)　大崎梢　加納朋子　今野敏　永嶋恵美　法月綸太郎　松尾由美　光原百合　矢崎存美

誰もが、「惑う心」を持つ——。最強作家集団〈アミの会（仮）〉、四たび集結！　豪華ゲスト陣も迎えたスペシャルなアンソロジー、遂に誕生。全作品、書き下ろし。

月光の誘惑　赤川次郎

修学旅行帰りの事故を発端に暴かれる人々の嘘と愛憎。シングルマザーの美紀が娘のために封印した過去の秘密にも悪意が忍び寄る。圧巻のノンストップ・サスペンス！

僕らの世界が終わる頃　彩坂美月

ネット小説をなぞって起きる殺人鬼の犯行。ひきこもりの少年が紡ぐ物語は、リンクする現実を救えるのか——⁉　注目若手作家が放つ、10年代の青春ミステリ。

首折り男のための協奏曲　伊坂幸太郎

豪速球から消える魔球まで、出し惜しみなく投じられた「ネタ」の数々！　技巧と趣向が奇跡的に融合した七つの物語を収める、贅沢すぎる連作集。あの黒澤も、登場！

ホワイトラビット　伊坂幸太郎

高台の住宅街で、人質立てこもり事件が発生！　ＳＩＴが交渉を始めるが——。物語の転がり方、心地よく予測不能の書き下ろしミステリー。あの泥棒も登場します！

新しい十五匹のネズミのフライ
ジョン・H・ワトソンの冒険
島田荘司

重度のコカイン中毒で幻覚を見るようになったホームズ。途方に暮れるワトソンに降りかかった大事件とは。ミステリー界の巨匠が贈るホームズパスティーシュの傑作。

アールダーの方舟
周木律

これは神の怒りか、奇跡の完全犯罪か。「痛みの山《アール・ダー》」と呼ばれるアラト山で方舟調査隊に起こる不可解な連続死。壮大な人類の謎に挑む歴史ミステリー。

田嶋春にはなりたくない
白河三兎

曲がったことが大嫌い。空気は全く読まない。もちろん学内に友達はいない——。史上最高に鬱陶しい、だけどとっても愛おしい主人公、田嶋春が贈る青春ミステリ。

七夕の雨闇
—毒草師—
高田崇史

七夕は恐ろしくも哀しい祭りだった！「り……に、毒を」奇怪な言葉と古代史のタブー、そして七夕伝説の闇。名探偵・御名形史紋が解く驚愕の民俗学ミステリー。

非写真
高橋克彦

いつからか私が撮る写真には死者が写るようになった。その私が、死人が最期に入るという秘湯で目にしたものは。カメラと写真をモチーフにした名手のホラー小説集。

掲載禁止
長江俊和

「死の瞬間」が目撃できるバスツアー、天井裏の歪な愛、完全犯罪遂行者の告白……。カルト番組「放送禁止」創造者の著者による、切れ味抜群のミステリ作品集！